Rösli Krucker
Schmelzungen
Mein Leben in Gossau

Books on Demand

Bibliographische Information der Deutschen Nationalbibliothek. Die Deutsche Nationalbibliothek verzeichnet
diese Publikation in der deutschen Nationalbibliogra-
phie, detaillierte bibliographische Daten sind im
Internet über http://dnb.dnb.de abrufbar.

© 2017 Autor: Rösli Krucker
Herstellung und Verlag:
BoD – Books on Demand, Norderstedt
ISBN 9783746017020

Rösli Krucker

Schmelzungen

Inhaltsverzeichnis

Armin oder Mutters Herkunft

Meine Mutter

stammt aus dem kleinen Dorf Burgwallbach in der Rhön. Man sagte früher, die Rhön wäre das Armenhaus Deutschlands. Und so war es auch. Es gab keine Industrie weit und breit, nur riesige Wälder und kleine Dörfer mit einfachen Häusern, im angebauten Stall ein bis zwei Kühe. Hier konnten nur die Frauen melken. Sie besorgten auch die Feldarbeit. Die Männer waren „im Holz".

Sobald die Mädchen aus der Schule kamen, wurden sie auf die grossen Höfe in der Frankfurter Gegend verdingt. Vom Lohn, den der Vater gegen Allerheiligen abholte, lebte die ganze Familie den Winter durch.

In der Familie meiner Mutter waren sie vier Mädchen und zwei Knaben. Auch meine Mutter und ihre drei Schwestern wurden verdingt. Da ist es hie und da vorgekommen, dass eines der jungen Mädchen mit einem Kind heimkehrte.

So geschah es auch meiner Mutter. Aus dem Sommer 1919 kehrte sie – sechsundzwanzigjährig – mit einem ungeborenen Kind heim. Soviel ich weiss, musste sie zur Entbindung ins Spital nach Würzburg fahren, weil das Vorgefallene in der Familie als grosse Schande galt. Der Dorfpfarrer wusste es aber dennoch, wenn ein solch junges Schäfchen dazugekommen war. Jedermann wusste, was es bedeutete, wenn in der Sonntagspredigt der Pfaarer mit den Fäusten auf die Kanzel klopfte und klagte, was für eine unheilige Brut er hätte.

Armins Jugend

Der kleine Armin wurde trotz allem im Hause meiner Grosseltern gut aufgenommen. Es war eine Grossfamilie mit Onkeln und Tanten. Wenn ich aus jener Zeit ein Bild von Armin betrachte, so ist er ein hübsches, wohlgenährtes Bübchen. Als Armin etwa sechs Jahre alt war, kam ins Nachbardorf ein junger Schweizer. Dort gab es ein Männerkloster. Weil in dieser Gegend nur die Frauen melken konnten, musste für den Stall des Klosters ein auswärtiger Mann her, der das Melken beherrschte, eben wie dieser junge Schweizer – mein Vater. Er kam aus Niederglatt bei Uzwil. Nach einiger Zeit lernte er meine Mutter kennen. Beide hatten keinen Grund, mit dem Heiraten lange zu warten. Doch vorher ging mein

Vater zum Dorfpfarrer um zu fragen, ob er es wohl wagen dürfe, diese Frau mit einem Kind zu heiraten. Der Pfarrer antwortete ihm: *„Agatha ist ein arbeitsames, braves Mädchen!"* Von einem Dorfburschen bekam mein Vater eine Tracht Prügel angedroht, weil er ihnen eine von ihren Frauen wegnahm. Aber mein Vater wusste dem zu entgehen. So heirateten sie im November 1926, meine Mutter in Schwarz, weil sie keine Jungfrau mehr war. Sie bezogen mit Armin zusammen eine Wohnung neben dem Kloster. Und Armin bekam so einen guten Vater.

Rückkehr in die Schweiz

Zwei Jahre nach der Heirat erreichte den Vater ein Hilferuf aus der Schweiz. Der Josef solle doch bitte nach Hause kommen. Sein einziger Bruder sei schwer krank, es gehe auf dem Bauernhof so nicht mehr. Man habe auch eine Wohnung für die junge Familie.

Vater kehrte vorerst allein in die Schweiz nach Niederglatt zurück. Zwei Monate später kam meine Mutter mit Armin und dem Hausrat nach. Armin besuchte als deutsches Kind in Niederglatt die Primarschule.

Klein-Armin

Bald starb Vaters Bruder. Meine Eltern bewirtschafteten zusammen den Hof. Mutter konnte ja gut melken und mähen. Doch mit der Schwägerin harmonierte es nicht gut. Ihr gehörte ja der Hof. Da zogen meine Eltern von Niederglatt weg und fanden in Oberbüren ein einfaches Haus mit einem Stall. Darin zog mein Vater junge Ferkel auf. Armin besuchte mittlerweile die Sekundarschule in Uzwil.

Vater und Mutter mit Armin

Meine Geburt

In unserem alten Familienalbum gibt es eine Karte, die stammt von meinem Götti Johann Gehrig. Datiert ist sie vom Sommer 1930. Darauf steht: *„Ich komme dann zu gegebener Zeit".*

Der Stubenwagen stand schon bereit; Vater hatte ihn nachts bei Bekannten geholt. Er war damit auf der Dorfstrasse durch ganz Oberbüren gefahren, wobei er auf halbem Weg noch in einer Wirtschaft einkehrte. Die „gegebene" Zeit kam am 1. September 1930. Meine Mutter hatte die ganze Nacht in den Wehen gelegen und mein Vater dementsprechend unruhige Stunden hinter sich. Es war gut, dass die Wirtschaft „Glattfeld" neben unserem Haus bereits morgens früh öffnete. So schickte die Hebamme meinen Vater dorthin. Von Zeit zu Zeit schaute er herein um nachzufragen, wie weit es denn schon sei. Immer wieder wurde er weggeschickt und da mein Vater ein sehr geselliger Mensch war, traf er immer wieder neue Wirtshausgäste, denen er von seiner Sorge und seiner Vorfreude erzählen konnte. Jedes Mal wurde ange-stossen und bis ich dann mittags um ein

Uhr zur Welt kam, war mein Vater ordentlich betrunken. Wo sich mein Halbbruder Armin während dieser Zeit aufhielt, weiss ich nicht. Doch gewiss freute er sich über das Schwesterchen. Aus den acht Jahren, die wir zusammen verbringen durften, weiss ich, dass er mich liebte. Zwei Tage nach der Geburt wurde ich auf den Namen Rosa Verena getauft. Rosa, weil meine Patin so hiess und Verena, weil der 1. September der Verenatag ist.

In Mogelsberg
Die Ferkelzucht in Oberbüren war nicht erfolgreich. Es war die Zeit der grossen Arbeitslosigkeit, auch hier in der Ostschweiz. Mein Vater bekam ein Angebot für vier Jahre sichere Arbeit. Die Gemeinde Mogelsberg hatte Güterzusammenlegung für die Bauern beschlossen und liess die Grundstücke vermessen. So konnten mein Vater und Armin für den Geometer Straub aus Gossau arbeiten, der diesen Auftrag bekommen hatte. Doch manch ein Bauer wollte sein Stück Land nicht so einfach gegen ein anderes hergeben und rannte

mit der Mistgabel in der Hand den Vermessern nach.

Im Winter gab es wenig Arbeit, zu wenig für Vater und Armin. So wurde Armin Ausläufer bei der Confiserie Vögeli in St. Gallen. Mit dem Velo und einer Krätze belieferte er die Kunden in der ganzen Stadt. An eine Lehre war gar nicht zu denken, denn damals musste man noch Lehrgeld bezahlen.

Vater, Mutter, Armin und Rösli

Ich erinnere mich, dass Armin am Sonntag jeweils heimkam. Er machte dann die ersten Fotos von mir, mit einem viereckigen, schwarzen Kästchen. In diese Zeit fiel der Tag, an dem meine Mutter eine Fehlgeburt erlitt. Sie bekam ein gewisses Medikament gespritzt. Von dem Moment an litt sie als Folge dieser Einspritzung zeitlebens unter Lähmungserscheinungen im linken Bein. Armin musste folglich viel im Haushalt helfen. Einmal wollten ihn Freunde abholen; doch er musste zuerst die Wäsche aufhängen, bevor er gehen durfte. Aus St. Gallen brachte er der Mutter auch den ersten Gehstock. So etwas konnte man in Mogelsberg nicht kaufen.

In Gossau
Das grosse Dorf, Heimatort meines Vaters, war unser nächstes Ziel. Wir wohnten an der Hauptstrasse (heute St. Gallerstrasse). Vater fand in der Gerberei Arbeit, Armin in der Gummibandweberei. Die Weberei war ein Betrieb mit Verbindungen nach Deutschland, deshalb arbeiteten hier einige Deutsche.

Armin war auch in der Bürgermusik und spielte Waldhorn. Er war ein Frauenschwarm: Über 1.80 Meter gross, blond, helläugig und ein lustiger Bursche. Einer seiner Freunde war Albert Lorenz, dessen Eltern ein Coiffeurgeschäft besassen. Albert hatte eine jüngere Schwester mit Namen Rösli. Frau Lorenz erzählte mir Jahrzehnte später, dass sie immer gehofft habe, ihre Tochter werde mal ein schönes Mädchen, damit Armin sie heirate, denn so einen Schwiegersohn hätte sie sich gewünscht.

Zu der Zeit liessen sich etliche Deutsche in der Schweiz einbürgern. Aber wir hatten kein Geld, um für Armin die Schweizer Staatsbürgerschaft zu erwerben.

Einmal kam Mutters Schwester aus Schweinfurt, Tante Therese, für einige Tage zu uns nach Gossau auf Besuch. Da stand sie in unserem kleinen Vorgarten und grüsste alle Vorbeigehenden mit *„Heil Hitler"*. Wir mussten ihr das verbieten.

Am 16. April 1938 feierte ich meinen Weissen Sonntag. Armin schenkte mir das Gesangbuch mit der Widmung *„Von deinem Bruder Armin"*.

Abschied

Armin wurde zur deutschen Wehrmacht einberufen. Es war ein Werktagmorgen, als Armin abreiste. Ich musste zur Schule gehen. Vorher verabschiedete ich mich von ihm. Ich sehe bis heute den Ort, wo das Bett stand, worin er noch ruhte. Er sagte liebevoll: *„Tschau Rösli".* Das wars! Die Mutter gab ihm ein Ringlein mit einem roten Stein mit. Das soll von seinem leiblichen Vater gewesen sein.

Dann kamen seine ersten Briefe aus der Kaserne von Heilbronn.

Der Krieg

Am 1. September 1939 war Generalmobilmachung in der Schweiz. Mein Vater wurde eingezogen und stand monatelang an der Grenze. Dass Armin jetzt heimkommen könnte, war sehr unwahrscheinlich. Seine Briefe wurden jetzt auch zensuriert.

Deutschland wurde bombardiert. Die Schweizer freuten sich, wenn sie das Rot der brennenden Städte der unbeliebten Deutschen sahen. Während den Urlaubstagen ging mein Vater gerne in eine Wirtschaft. Manchmal musste er die Beiz wieder verlassen; er hätte sonst Streit und

Schläge bekommen, weil wir einen „Schwob" in der Familie hatten. Wir mussten uns ganz still verhalten, auch als Mutters Schwester Therese mit ihrem Mann, der ältesten Tochter und deren neugeborenen Zwillingen in Schweinfurt bei einem Bombenangriff ums Leben kamen. Fünf ihrer Kinder überlebten. Die Hand der jüngsten Tochter Ruth ragte aus einem Schuttkegel. Das Mädchen war schwer verletzt, wurde aber gesund gepflegt. Die übrigen Kinder waren zum Zeitpunkt des Angriffs zum Glück in der Schule oder bei der Arbeit und sind so unverletzt geblieben. Über all das Leid durften wir nicht reden. Man gönnte uns die Angst und die Sorge. Meine Mutter litt unendlich viel Zeit still vor sich hin. Immer wieder schickte sie mich zum Briefkasten um zu sehen, ob nicht Post von Armin gekommen wäre. Ich sehe heute noch ihre Augen, wenn wieder nichts darin lag.

Manchmal schlichen wir abends gegen zehn Uhr zur Familie Gruber. Sie besassen ein Radio. Auch sie hatten einen Sohn, Paul, im Krieg. Zusammen hörten wir das Lied „Lilly Marlen". Beim Lauschen von „Unter der Laterne..." waren die Söhne an der Front und die Familien zuhause in Gedanken beisammen.

Deutsche Söhne im Krieg

Der Krieg wurde immer schrecklicher, Armins Briefe immer spärlicher. Wenn er in den Urlaub gehen durfte, wohnte er bei Mutters Geschwistern in Deutschland. Sie sollen sich jeweils gestritten haben, wer ihn beherbergen dürfe. Meine Mutter schleppte sich buchstäblich mehrere Male ins Deutsche Konsulat nach St. Gallen um zu erwirken, dass Armin einmal in die Schweiz in Urlaub fahren dürfte. Das wurde jedoch nicht gestattet. Er wäre wohl kaum wieder zurückgegangen in den Krieg.

Armin war in Frankreich an der Front, dann in Afrika und machte nachher den Russlandfeldzug mit, wo er schlussendlich in Stalingrad landete. Er durfte nie schreiben, wo er gerade stationiert war. Doch er umschrieb die Orte jeweils so, dass wir wussten, wo er sich befand. Von Stalingrad schrieb er einmal, die Stadt brenne lichterloh.

Dann kam plötzlich keine Post mehr. Meine Mutter schickte mich immer wieder zum Briefkasten. Eines Tages erhielten wir einen Brief von einem höheren Offizier namens Diez aus Aachen. Er schrieb, er habe Armins Kompanie gekannt; die sei wahrscheinlich bei Stalingrad in einen Sumpf getrieben worden. Sonst konnte uns nie jemand etwas Genaueres sagen.

In Mutters Heimatdorf steht ein Denkmal für die Gefallenen. Darauf stehen die Namen der 15 Gefallenen aus dem kleinen Dorf, manchmal drei Söhne aus einer einzigen Familie oder auch der einzige Sohn einer Familie. Auf dieser Tafel ist auch Armin aufgeführt: *„Vermisst seit 1943".*

Foto Vermisstentafel

Warten

Meine Mutter wartete auf ihren Sohn, bis sie 86jährig am 21. Mai 1979 im Kreise meiner Familie starb. Am Vormittag gegen zehn Uhr tat sie den letzten Atemzug. In dem Moment begann es im Zimmer hell zu werden, eine ganz übernatürliche Helle. Ich hätte das ganze Dorf herbeirufen mögen:

„Seht dieses Licht!". Es war der Geburtstag von Armin. Er wäre an diesem Tag 60 Jahre alt geworden.

Das Licht hielt bis gegen Abend an, dann holte man die Verstorbene.

Später hatte ich einmal eine klare Vision, wo Armin liegt. Auf weiter Flur ist ein Bächlein, daneben eine Reihe Birken. Hier ruht er wahrscheinlich in der Weite Russlands.

Sein „Beckeli" steht bei uns zu Hause; Armin kann jederzeit kommen.

Das Warten ist auch auf mich übergegangen.

Rösli Krucker-Koller

Meine Jugend

In der Erinnerung an meine Jugend nimmt der Sonnenhof in Wolfertswil eine besondere Stelle ein. Mein Grossvater kam schon vom Sonnenhof. Auf diesem Bauernhof hoch oben am Waldrand habe ich praktisch alle meine Ferien verbracht.

Das erste Mal kam ich mit etwa sieben Jahren dorthin. Auf der Herrenvelostange hatte mich mein Bruder Armin von Mogelsberg her zum Sonnenhof gebracht. Als er wieder wegfuhr, rannte ich hinter dem Velo her, weinte und rief: „Min Armin!". Das war nur beim ersten Mal, nachher kannte ich kein Heimweh mehr. Auf dem Sonnenhof lebte damals ein altes Elternpaar mit etlichen erwachsenen Kindern. Alle zehn Kinder dieser Familie habe ich gekannt, besonders Rosa, meine Patin; Anna, die Schneiderin; aber auch Marie, Martin und Paul, die noch daheim halfen. Sie alle liebten mich, brachte ich doch junges Leben ins Haus.

Bald wurden mir kleine Arbeiten anvertraut. Ich musste Vieh hüten. Dabei fürchtete ich die Kühe, obwohl ich eine Geissel hatte, mit der ich auch schon bald knallen konnte. Manchmal hatte ich auch kalte Füsse, denn ich ging meistens barfuss. Wenn dann eine Kuh so schön frisch geschissen hatte, stand ich eine Weile in den dampfenden Kuhfladen, um meine Füsse zu wärmen. Ich musste auch immer wieder zum Himmel schauen, ob der Hühnervogel nicht seine Kreise zog und seinen besonderen Schrei ausstiess. Den verjagte ich dann mit Lärmen und Geisselknallen. Oft holte sich der Hühnervogel im Sturzflug Hühner. Ich durfte auch täglich die Hühner füttern und die Eier einsammeln. War das eine Freude für mich, denn damals waren die Eier ja rationiert. Es gab zwei Eier pro Person und Monat. Das währschafte Essen auf dem Hof tat mir besonders gut und natürlich auch die frische Luft den ganzen Tag.

Etwa drei Jahre später übernahm Paul Koller mit seiner jungen Frau Theres den Hof. Mit dem Hof übernahmen sie auch mich. Tante Theres, wie ich sie nennen durfte, war eine liebe gütige Frau.
Mit den Jahren nahmen meine Kräfte und auch meine Aufgaben zu. Täglich fuhr ich mit dem Milchkarren morgens und abends in die Käserei. Abwärts konnte ich den Karren kaum bremsen, und heimwärts war

das leere Gefährt noch immer schwer genug. Meistens brachte ich aus der Hütte noch Käse und Butter mit, sowie Brot und Spezereien vom Dorfladen Bruggmann. Besonders in Erinnerung sind mir die Sommerferien. Da waren die Kirschen reif. Jahr für Jahr half ich die Kirschen pflücken. Der Baum mit den schwarzen Früchten war sehr hoch. Paul hatte die langen Holzleitern hervorgeholt. Er kannte jede Astgabel des Baumes. Ich musste zuoberst auf die Leiter steigen, weil ich die Leichteste war. In der Krone hingen auch die schönsten Kirschen. Meistens pflückte auf dem unteren Teil der Leiter noch jemand. Vom tagelangen Stehen auf den Leitersprossen taten mir die Füsse weh. Da verpassten sie mir Holzschuhe, damit die Sprossen an den Fusssohlen nicht so einschnitten. Ich darf heute gar nicht an die gefährliche Arbeit denken. Paul ist später vom Kirschbaum gefallen und ist invalid geblieben. Dennoch, es war eine so fröhliche Zeit. Wir sangen viel auf den Bäumen. Paul war im Kirchenchor von Magdenau; er besass einen herrlichen Tenor. Die allerschönsten Kirschen assen wir gleich selber, mitsamt den Steinen. Wenn dann die „Herrlichkeit" wieder herauskommen wollte, liefen wir in die nahe gelegene Kiesgrube und entleerten uns. Haufen an Haufen lagen die Kirschensteine dort – und wir lachten. So gegen fünf Uhr abends kehrten wir vom Pflücken nach Hause zurück. Dann gab es Kaffee, Butterbrote und Kirschen. Nachher ging ich mit in den Stall, wo etwa vierzehn Kühe standen. Paul war froh, wenn ich den Stall hinunter „schorte", also den Kuhdreck mit einem Schorer in die Stande schob. Es wurde mir auch das „Hanteln" beigebracht, das Vormelken. Doch ich hatte so sehr Angst vor den Kühen. Sobald eine nur den Fuss hob, sprang ich mitsamt dem Melkschemel davon. Wenn fertig gemolken war, fuhr ich wieder in die Käserei ins Dorf. Meistens hatte ich dann noch Kirschen dabei, die ich bei Kunden abliefern musste. Die Sonntage liebte ich besonders. Schon am Samstag drehte mir Tante Marie „Wickerli" ins Haar, damit sie am Sonntag mit einem hübschen Ferienkind in die Klosterkirche Magdenau gehen konnte. Dort waren die Kollers vom Sonnenhof der tragende Teil des Kirchenchors: Paul als Tenor, Martin als Bass. Manchmal sangen sie die Sonntagsmesse schon am Morgen beim Melken. Dann war da Tante Anna, die alle Sopransoli sang, und Tante Marie übernahm die Altstimme. Während des sonntäglichen Mittagessens wurde nur von der Messe gesprochen, wer wieder falsch gesungen habe, und natürlich wurde die Predigt des Pfarrers auseinander genommen. Die Kollers waren jedoch keine nur simplen „Sonntag-Christen". Alle waren wirklich gut zu mir, und ich hörte auf dem Hof nie einen Fluch, was für sie aussergewöhnlich gewesen wäre. Ich musste viel arbeiten, aber Vater hatte ihnen ja gesagt, sie sollten mich nur einspannen. Wenn ich am Ende der Ferien nach Hause ging, war ich „aufgefüttert", hatte eine gesunde Farbe und sicher noch zehn frische Eier dabei, wohlverpackt in einer Schachtel.

Zuhause wurde ich im wahrsten Sinne des Wortes wieder eingespannt. Meine Mutter konnte ja fast nicht mehr gehen, weil sie ein lahmes Bein hatte. Darum zog ich sie auf einem Leiterwagen überall hin, wo es Wichtiges zu erledigen gab. Meine Schwägerin Doris kann sich noch erinnern. Sie half zu jener Zeit als Kind im Konkordia-Laden Regale auffüllen. Da sagte die Filialleiterin: „Nehmt euch ein Beispiel an diesem Mädchen, wie es seine Mutter durchs Dorf zieht." Doris sieht noch das Brett vor sich, das wir auf den Wagen gelegt hatten, damit die Mutter besser sitzen konnte. Im Winter war es mit dem Schlitten besser und einfacher.

Die alltäglichen Dinge kaufte alle ich ein. Ich holte jeweils auch die Lebensmittelkarten auf dem Amt. Mehrmals ging ich mit meiner Mutter aufs deutsche Konsulat in St. Gallen. Da stellten wir den Leiterwagen am Bahnhof in Gossau bei den Toiletten ab und fuhren mit dem Zug nach St. Gallen. Dort lief Mutter mit letzter Kraft bis zum Konsulat an der Rosenbergstrasse. Sie wollte bewirken, dass mein Bruder Armin einmal in die Schweiz auf Urlaub kommen könnte. Aber das gab es nicht, denn er wäre nicht mehr zurückgegangen in den Krieg.

Mutter hat viele Jahre für die Wäscherei Fineisen geflickt. Jede Woche gab es ein schweres Bündel in ein Tuch gepackt. Auch dieses Bündel holte und brachte ich wöchentlich mit dem Leiterwagen, mal mit, mal ohne Mutter. Für die Flickerei musste ich zudem viele Zutaten posten.

An der Mühlwiesstrasse wohnte eine Weissnäherin, Frau Ruhland. Sie war eine alleinstehende, ältere Witwe. Sie fragte meine Eltern, ob ich nicht zwei- bis dreimal pro Woche für sie einkaufen und Hemden austragen könnte. Natürlich sagten meine Eltern zu. So lief ich mit den genähten Hemden im ganzen Dorf herum, ja bis ins Oberdorf. Ein Hemd mit „Brisli" kostete drei Franken. Die schönen Herrenhemden mit Manschetten und Kragen kosteten gar fünf Franken. Frau Ruhland gab mir in der Woche fünfzig Rappen. Als sie einmal einen Topf saure Milch zu Hause hatte, gab sie ihn mir mit den Worten: „Ihr habt sicher gerne saure Milch." Ich traute mich nicht, nein zu sagen. Bis zum Hotel Bund trug ich den Topf. Dort schüttete ich den Klumpen saure Milch in den Dorfbach. Den leeren Topf brachte ich Mutter zum Ausspülen nach Hause. Sie sagte, ich hätte recht gehabt mit dem Ausschütten. Wenn Frau Ruhland Konfitüre kochte, gab sie mir mit nach Hause, was sie als Schaum oben abgeschöpft hatte. Sie glaubte, wir armen Leute könnten jeden Dreck essen. Mutter schüttete auch das jeweils weg. Als meine Eltern merkten, dass Frau Ruhland mich bloss ausnützte, durfte oder musste ich nicht mehr zu ihr gehen.

Besondere Festtage waren für mich der Besuch der Arbeitsschule. Dort war ich besonders gut. Wenn ich als erste mit der Arbeit fertig war, durfte ich den anderen Schülerinnen helfen, oder ich las ihnen während der Arbeit aus den „Trotzli"-Büchern vor. Die Schwestern lobten mich häufig.

Anders erging es mir im Religionsunterricht. Wir hatten eine Ruth Weibel in der Klasse. Der erzählte ich auf dem Heimweg auf der Notker-Schulhausstiege, ich wüsste nun, dass nicht der Storch die Kinder brächte, sondern die kämen irgendwo aus der Mutter heraus. Ruth ging nach Hause und erzählte es ihrer Mutter. Nach der nächsten Religionsstunde musste ich noch bei Kaplan Hermann bleiben. Er sagte mir, was für ein wüstes Mädchen ich wäre, solche Sauereien zu erzählen. Dabei gab er mir links und rechts ein paar an die Ohren. Ich sehe jetzt noch die schwarze Kleidung aus „Tüechlistoff" vor mir. Das ist ein Wollstoff mit einem feinen Flor. Wenn ich später bei der Schneiderei solch einem Stoff begegnete, sah ich immer Kaplan Hermann vor mir.

In jener Zeit wurde von Bundesrat Wahlen die Anbauschlacht angeordnet. Wir hatten einen kleinen Hausgarten, dazu von Staerkle zwei Aaren für Gemüse an der Haldenstrasse und zwei Aaren für Kartoffeln in der Rosenau. Da gab es viel zu helfen für mich. Wenn ich die Pflanzen mit Wasser übergoss, anstatt sie, wie Vater mich gelehrt hatte, an der Wurzel zu begiessen, hatte ich bald einmal eins an die Ohren. Vater verstand es besonders gut, viel und schönes Gemüse zu ziehen. Er gärtnerte damals schon biologisch. Er holte jede Woche beim Metzger Grüebler eine Karrette voll Mist aus den Gedärmen der geschlachteten Tiere. Nach Feierabend fuhr er mit dem stinkenden Fuder durchs Dorf zu seinem Komposthaufen. Das gab reiche Nahrung für seinen Garten.

Vater half auch, den Verein für die Volksgesundheit zu gründen; er war dessen erster Präsident. Einmal hatte er eine Sitzung in ein Restaurant einberufen. Wir hatten aber keinen Rappen Geld im Haus, so dass Vater nichts hätte trinken können. So musste ich Zettel austragen mit der

Nachricht drauf, die Sitzung wäre abgesagt und fände zu einem späteren Zeitpunkt statt – wahrscheinlich nach dem Zahltag! Die Armut war in jener Zeit immer unser Gast. Es ging aber damals vielen Familien ähnlich. Vater sprengte Wurzelstöcke von Obstbäumen und hackte diese klein, um daraus Brennholz zu machen. Ich wurde in die Wälder geschickt, um Tannzapfen zu suchen. Mit Dietrichs Buben ging ich bis nach Anschwilen. Um Gossau herum waren alle Wälder leer geräumt. Meine Aufgabe bestand darin, die Tannzapfen zum Trocknen auf Tücher in die Sonne zu legen, bis sie „aufgingen". Waren sie gross und dick geworden, trug ich sie in den Estrich hinauf. Dort lagerte viel Holz; das alles hatte ich die sechs Stufen hinaufgetragen. Vater sagte immer, Stockholz gibt zweimal warm, einmal beim Spalten und einmal im Ofen.

Wenn Militär sich im Dorf aufhielt, gab es eine Militärküche hinter dem Restaurant Sternen in einer Waschküche. Dorthin ging ich mit einem Milchkesseli bewaffnet, um nach Resten zu fragen. Ich war nie allein. Auch andere Kinder reihten sich ein. Meistens mussten wir warten, bis die

Soldaten fertig gegessen hatten. Dann gab es Suppe, Spaghetti oder auch nur Kakao. Dennoch trug ich das Essen gerne heim, denn ich wusste, dass der Vater mich lobte; er ass alles.

Vor Weihnachten wurde in der Schule gefragt, wer gerne ein Päckli vom Frauen- und Töchterverein hätte. Da musste ich die Hand aufstrecken, zusammen mit noch zwei anderen armen Kindern. Wir durften dann an einer Weihnachtsfeier im Restaurant Sonne ein angeschriebenes Päckli entgegennehmen. Darin waren ein Paar Strümpfe, eine Schürze und eine Feigenschokolade. Vom Kartell, der christlichen Gewerkschaft, bekam ich ebenfalls ein Päckli zu Weihnachten mit etwa gleichem Inhalt, vielleicht noch Taschentücher und getrocknetes „Affenbrot". Echte Schokolade gab es damals nicht.

Von der vierten bis zur sechsten Primarschulklasse trug ich mit Frau Hasler Ringier-Heftli aus. Weil sie in alle Häuser kam, viel schwatzte und viel erfuhr, konnte sie uns die Wohnung an der Haldenstrasse vermitteln. Als sie dann um meine Mithilfe als „Heftlimeitli" bat, konnten meine Eltern kaum nein sagen. So trug ich am Donnerstag- und Freitagabend Heftli aus. Das Geld musste ich gleich einkassieren, je nach Versicherung unterschiedlich viel, von 65 bis 95 Rappen. Hier und dort bekam ich fünf Rappen geschenkt. Sobald ich zwanzig Rappen beisammen hatte, ging ich unterwegs in die nächste Bäckerei, kaufte mir eine Cremeschnitte, die ich dann auf der Strasse gierig verschlang.

Wenn wir nach der Schule so gegen siebzehn Uhr losgingen, waren wir bis mindestens um zwanzig Uhr unterwegs, bis wir unsere Tour abgeschlossen hatten. Frau Hasler nahm sich die eine Strassenseite vor und ich mir die andere. Wir hatten abgemacht, dass wir uns zwischendurch wieder treffen. So musste ich auf der Strasse warten, bis sie kam – und sie kam manchmal lange nicht, weil sie gerne schwatzte.

In jenen Wintern fror ich viel mit meiner schweren Tasche in den Händen und keinen rechten Winterkleidern. Wir Mädchen durften ja damals noch keine langen Hosen tragen. Ich trug Strümpfe, die bis übers Knie reichten und mit „Straps" – das war ein Löchligummi – befestigt wurden. An den Strümpfen waren Knöpfe, da hängte man den Gummi auf die richtige Länge ein. Das Ganze hing an einem „Gstältli". Darüber trug ich kurze Henkelplüschhosen, ein Röckli, einen Mantel und nicht gefütterte, hohe Lederschuhe. So litt ich im Winter unter „Gfrörni", das heisst meine Finger und Zehen wurden rot und geschwollen. Manchmal sprangen sie auf wie Bratwürste. Anderen armen Kindern erging es ebenfalls so.

Beim Heftliaustragen lernte ich das ganze Dorf kennen, vom Niederdorf bis zum Oberdorf, vom Lindenhof bis zum Rosenhügel. Um die vierzig Heftli hatte ich pro Abend zu verteilen und einzukassieren. Für diese Arbeit bekam ich auf einer Abendtour einen Franken. Wenn das einkassierte Geld nicht stimmte, zog mir das Frau Hasler vom Lohn ab. Auf all diesen Wegen ist mir nie etwas passiert und ich hatte doch immer Geld bei mir. Heute könnte man kein Mädchen mehr abends in vierzig Häuser schicken.

Das Schönste war immer, wenn ich heimgehen konnte. Zuhause legte ich den Franken in mein Kässeli. Mutter hatte oft ein Kümmiwürstli zum Essen im Ofenrohr und warmes Selleriewasser, in dem ich meine erfrorenen Hände und Füsse baden konnte.

Ja, es wäre mein Wunsch, noch einmal ein so gutes Kümmiwürstli aus dem Ofenrohr meiner Eltern zu essen.

Mein Welschlandjahr

Am 1. April 1946 kam ich nach Marsens, um die französische Sprache zu lernen. Das kleine Dorf liegt bei Bulle im Greyerzerland. Dort war ich als „jeune fille" im Haushalt in der Käserei der Familie Pasquier tätig.

Madame holte mich an jenem 1. April in Fribourg ab. Zuerst assen wir eine Kleinigkeit in einem Restaurant. Mein ganzer Wortschatz bestand aus „oui". Mein Schulfranzösisch konnte dem schnellen Reden nicht folgen. Die Familie hatte drei kleine Buben, und mit diesen lernte ich zum Glück bald französisch sprechen.

Das Haus war denkbar einfach eingerichtet. Es gab kein Wasser in der Küche; ich musste alles in der Käserei holen, fürs Kochen und fürs Abwaschen. Im ganzen Haus gab es nur einen Ofen, nämlich in der Stube. In der Küche war es warm, weil auf dem Holzherd gekocht wurde. Die Toilette befand sich im Saustall. Jeden Morgen trug ich verschiedene Nachthäfen durch die Käserei, dann ins Freie zu den Schweinen. Ebenso trug ich alle Abwässer aus der Küche in den Saustall und leerte sie in die Tröge.

Am Samstagabend wurde jeweils in der Küche viel warmes Wasser gemacht. Zuerst wurden die drei Buben gewaschen und dann ins Bett gesteckt. Nachher machte man mir Platz, damit ich mich richtig waschen konnte. Wenn ich dann in meinem Zimmer oben im Estrich lag, waren die Patrons an der Reihe. Dieses samstägliche Ritual wurde immer zu einer sehr lustigen Angelegenheit.

Wenn nämlich das Ehepaar Pasquier ihre „Wäsche" beendet hatte, wurde ich nochmals gerufen. Monsieur machte den Schieber in der ca. 60 cm tiefen Küchenwand auf. Das war unser Kühlschrank. Daraus entnahm er je nachdem einen kalten Schinken oder Saucissons, im Winter Vacherin- und im Sommer Greyerzerkäse; alles aus dem eigenen Betrieb. Dazu assen wir Brot und der obligate Wein fehlte nicht. Da wurde noch „ghöcklet" und gelacht. Die

Küche war der einzige Raum, der immer schön warm war, weil wir ja mit Holz kochten.

Nach einer kurzen Einführungszeit kochte ich jeden Tag für sieben Personen. Meist war tagsüber ein Knecht anwesend oder die alte Marceline, die alle groben Arbeiten erledigte. Ich putzte das Haus und flickte viel und gerne für die ganze Familie. Letzteres schätzte Madame ausserordentlich; sie konnte es nicht so gut wie ich. Dafür strickte sie für die ganze Familie. Sie mass auch immer die Milch aus, verkaufte Käse und Butter und ging jeden Donnerstag nach Bulle auf den Markt. Dann war ich den ganzen Tag alleine im Haus zuständig.

In der Käserei gab es oft defekte Käsetücher. Sie waren aus reinem Leinen und sehr teuer. Die Löcher in diesen Tüchern unterlegte ich mit Stücken aus alten Käsetüchern und wiefelte sie dann auf einer Tretnähmaschine. Monsieur dankte mir ganz besonders für diese wertvolle Arbeit. Noch viele Jahre später hat er mir gesagt, dass er immer noch eines meiner geflickten Tücher habe. Keines der zwölf „jeune filles", die nacheinander im Haushalt arbeiteten, konnte so flicken. Dabei war ich ja erst sechzehn Jahre alt.

Mein Lohn betrug zwanzig Franken im Monat. Davon musste ich noch die Krankenkasse bezahlen. Frei hatte ich nie, aber ich wurde sehr familiär behandelt. Am ersten Sonntag meines Welschlandjahres wurde ich zum Gottesdienst in die Kirche geschickt. Doch welche Aufregung: „Elle n'a pas de chapeau!" In diesem Bauerndorf ging wirklich niemand ohne Hut zur Kirche. Madame besorgte mir einen alten „Deckel". Vom ersten Lohn musste ich mir dann zuerst einen Hut kaufen. Es ging auf den Sommer zu, und so kaufte ich mir in Bulle einen weissen Aufschlaghut. Ich sehe ihn heute noch vor mir.

Am 1. Mai war es Brauch, dass die jungen Burschen und Mädchen von Haus zu Haus singen gingen. So kamen sie auch in die Laiterie. Madame gab ihnen zwei bis drei Eier und etwas Geld. Sie fragten, ob das junge Deutschschweizer Mädchen am Abend auch zum Eieressen kommen dürfe. Sie durfte. Das Fest fand im Nachbarhaus statt. Aus den Eiern wurde eine Art Rührei gemacht. Dazu trank man Weisswein.

Meine Französischkenntnisse waren noch sehr spärlich, und im ganzen Dorf sprach niemand Deutsch. Ich musste also mit Händen und Füssen reden. An jenem 1. Mai entdeckte ich, wie offen und heiter die Welschen sind. Besonders die Burschen waren sehr charmant!

Nach einigen Wochen wurde ich nach katholischer Pflicht zum Beichten geschickt. Ich widersetzte mich mit dem Argument, ich könne nicht in französischer Sprache beichten. Aber da wusste man einen Ausweg. In Marsens befand sich die kantonale Irrenanstalt, ein abgeschlossener Gebäudekomplex mit einer Kapelle. Dort wirkte ein alter Abbé, der Deutsch konnte. Dem könne ich beichten, hiess es. Der glaube sowieso, ich sei eine der Verrückten. Ich probierte es also aus – und es war so.

Der Sommer begann und mein Französisch wurde immer besser. Ich umschrieb Dinge solange, bis die Familie wusste, was ich meinte. So kannte ich das Wort für „Bienen" nicht. Also sagte ich: „Les petits oisaux qui font la confiture".

Was haben wir doch über meine Sprachausdrücke und vieles andere gelacht. Ich hatte eine Phase, da machte ich vor lauter

Lachen in die Hosen. Nach dem Essen war manchmal dort, wo ich gesessen hatte, die Holzbank nass. Das gab erneutes Gelächter.

Im Sommer mussten wir heuen. Es gab zwei bis drei rechte Fuder Heu für die vielen Tiere auf dem Hof. Beim letzten Fuder durften die Knaben und ich auf dem Heuwagen nach Hause fahren – welch ein Fest! Die Knaben sassen schon oben auf dem Wagen. Ich wollte auch hinaufklettern, fand aber nicht den richtigen Griff, um oben zu landen. Da packte mich Monsieur an den Beinen und wollte mich hinaufhieven. Doch ich bekam einen meiner Lachkrämpfe und liess dabei mein Wasser laufen. Monsieur konnte nicht loslassen, sonst wäre ich hinuntergefallen. Also hielt er mich, während ihm mein Wasser die Arme herunterrann bis zum Bauch. Niemand schimpfte, es wurde nur umso mehr gelacht.

Marceline, das Dorforiginal, habe ich schon erwähnt. Diese alte Frau konnte jedermann im Dorf als Taglöhnerin anheuern. Ihr Lohn betrug überall zwei Franken pro Tag. Sie kam schon zum Frühstück und blieb bis zum Nachtessen. Ihr Mund war voll fauler

Zähne. Sie rühmte sich, dass sie nie einen Arzt oder Zahnarzt aufsuche. Immer trug sie denselben langen weiten Rock, der bis zum Boden reichte. Den Saum unten zierten „Besenlitzen". Am Rock waren unendlich grosse Taschen aufgenäht. Darin verschwand alles, was essbar war: Käserinden, Speckschwarten, Brotrinden. Das alles trug sie heim für ihre Katzen und Mäuse. Sie wohnte in einer Art Stall oberhalb von Marsens. Sie sprach „Patois" und war kaum zu verstehen, so wie fast alle Bauern in dieser Gegend. Sie stach den Garten um und wischte das Haus. Da sah ich einmal, wie sie beim Wischen einen Moment inne hielt – und dann floss auf dem Boden ein Rinnsal. Es stimmte also, dass sie nie Unterhosen trug.

Einmal musste Marceline über dem Saustall Sägemehl holen. Der Boden war immer feucht, deswegen waren die Bretter morsch. Gerade als sie oben stand, krachte ein Brett entzwei und Marceline fiel bis zur Hälfte ihres Körpers durch das Loch. Der entblösste Po mit den nackten Beinen hing im Saustall, während der Oberkörper mit den vielen dicken Röcken stecken geblieben war. Sie schrie jämmerlich. Monsieur, der in der Nähe war, hörte das Geschrei, lief in den Saustall und sah den zappelnden nackten Teil der Taglöhnerin. Später erzählte er, er hätte beide Augen fest zugedrückt und die hilflose Frau an den Beinen hinaufgeschoben.

So langsam sah man, wie das gute und reichliche Essen bei mir „ansetzte". Die Patrons hatten Freude an ihrem wohlgenährten „jeune fille". Ich wurde immer wieder mal gewogen wie eine Sau. In diesem Jahr nahm ich um die zehn Kilogramm zu; am Ende meines Aufenthalts wog ich sechzig Kilogramm. Zu dieser Zeit bezog man die Lebensmittel noch mit Rationierungskarten. Doch hier gab es alles in Hülle und Fülle; man freute sich, wenn ich tüchtig ass. Meinen kargen Lohn konnte ich aufbessern, indem ich im Saustall Ratten erschlug. Das war ganz einfach. Abends, wenn alles dunkel war, ging ich mit einem Prügel in den Stall. Sobald ich dann Licht anmachte, sprangen wohl hundert Ratten von den Sautrögen weg. Es war ganz leicht, zwei bis drei Ratten zu erschlagen. Pro tote Ratte erhielt ich von Monsieur zwanzig Rappen.

Am 1. September kam mein Vater auf Besuch. Es war mein sechzehnter Geburtstag. Vater freute sich zu sehen, wie gut es mir ging. Später hat er mir verraten, er hätte mich gleich mit nach Hause genommen, wenn etwas nicht in Ordnung gewesen wäre.

Wir näherten uns dem grossen Herbstfest „Bénichon". Zuerst gab es ein riesiges Festessen im Haus mit vielen Verwandten. Dann wurde drei Tage lang jeden Abend im Dorfsaal getanzt. Meine Patrons waren immer dabei; sie tanzten leidenschaftlich gern. Ich war Hahn im Korb bei den jungen Burschen. Die Patrons liessen mich jedoch nie allein. Wenn ein Bursche nach Hause kommen wollte, so konnte er bei uns in der Küche sitzen. Er bekam auch ein Glas Wein. Da sassen wir manchmal noch stundenlang und lachten viel.

Im Winter spielte man auch Theater und Lotto im Dorf. Immer durfte ich meine Patrons begleiten. Es war jetzt ganz normal, dass ich zu Madame „maman" und zu Monsieur „papa" sagte. Zu Weihnachten ging ich erstmals einige Tage nach Hause. Ich hätte über Neujahr noch bei meinen Eltern bleiben können. Aber ich wollte unbedingt erleben, wie die Welschen den Jahreswechsel feierten. Daheim war es im Vergleich sehr, sehr ruhig.

Meine Zeit in Marsens neigte sich dem Ende entgegen. Ich freute mich auf die Lehre, denn ich glaubte, ich müsste dann nicht mehr so viel arbeiten. Doch das ist ein anderes Kapitel.

Die Patrons bekamen später noch zwei Knaben zu den dreien, die sie schon hatten. Sie sagten mehrmals, wenn ich keine rechten Eltern gehabt hätte, so hätten sie mich adoptiert. Ich war das dritte von zwölf Deutschschweizer Mädchen, die nacheinander bei ihnen arbeiteten.

Ich unterhielt zu ihnen beste Beziehungen, bis beide starben.

Als ich am Ende meines Welschlandjahres heimkehrte, redete ich mit einem leichten französischen Akzent. Heute noch liebe ich diese Sprache und vor allem die Freiburger Lieder von Abbé Bovet.

Hof in Marsens

Meine Lehre 1947-1949

An Ostern 1945 kam ich aus der Sekundarschule. Mit viel Elan nahm ich das kom-
mende Jahr in Angriff. Am Morgen durfte
ich jeweils bei Frau Goetschmann, einer
Arbeits- und Haushaltlehrerin, arbeiten. Die
Familie hatte zwei kleine Mädchen, die ich
liebte. Ich durfte beim Ändern von Herren-
kleidern und beim Kochen mithelfen. Jeden
Nachmittag nach dem Abwaschen fuhr ich
nach St. Gallen in die Frauenarbeitsschule.
Dort besuchte ich Haustöchterkurse in
Bügeln, Nähen, Flicken, Kochen, usw.

Im Frühjahr 1946 ging ich ins Welschland nach Marsens FR in eine Käserei. Es war ein strenges, aber gutes Haushaltjahr bei der Familie Pasquier mit ihren drei Buben. Dann, am 15. April 1947, begann meine Lehre bei Fräulein Idy Krummenacher. Mein Vater hatte für mich diese Lehrstelle gesucht, denn ich war während meines Welschland-Aufenthaltes nur an Weihnachten einige Tage zu Hause gewesen. Gut aufgefüttert, mit einem leicht französischen Akzent, trat ich froh die Lehre an. Das Atelier war ein schmales Zimmer ausserhalb des Wohnungs-Abschlusses. Die Toilette befand sich im Gang eine Treppe weiter unten. Das Zimmer hatte keine Heizung. Nur ein kleiner Strahler half uns über den Winter hinweg. Im Raum gab es eine Nähmaschine, ein Bügelbrett, einen Tisch und ein Fenster. Davor stand unser Nähtischchen mit unserem persönlichen „Glofechössi", Fäden, Stecknadeln und Kreiden. Um dieses Tischchen herum sassen: Martha Forster, meine Oberstiftin, Rösli Zwicker, die Arbeiterin, und eben ich. Wir sassen da mit einem Karton auf den Knien, auf dem wir arbeiteten, denn der Tisch wurde zum Zuschneiden gebraucht.

52-Stundenwoche stand im Lehrvertrag, verteilt auf fünf ganze Tage und den Samstagvormittag. Ausserhalb der Arbeitszeit mussten wir das Atelier putzen, Kleider austragen und manchmal auch über Mittag Nähseide oder Knöpfe bei Oberhänsli oder Züger holen. Znünizeit gab es nie, sonst hätten wir die Stoffe beschmutzt. Einzig Martha, meine Oberstiftin, stach sich oft in den Finger und besudelte die Kleider mit Blut oder sie bohrte in der Nase und hinterliess dann ihre Spuren auf dem Stoff. Manchmal assen wir trotzdem versteckt einen Bonbon oder etwas Schokolade, denn die Tage waren lang. Besonders in der ersten Zeit taten mir der Hintern und der Rücken weh vom langen Sitzen, sodass ich auf dem Heimweg jeweils weinte.

Der Lohn betrug im ersten Lehrjahr fünf Franken pro Monat, im zweiten zehn Franken und im letzten halben Jahr fünfzehn Franken. Diesen Lohn bekamen wir oft nicht am Ende des Monats. Immer wieder schauten wir umsonst, ob die Lehrmeisterin das Geld in den Händen hielt, wenn sie zum Atelier hereinkam. Die Arbeiterin bezahlte sie in der Stube. Das sahen wir Lehrtöchter nie. Diese Ansätze von Lohn und Arbeitszeit waren damals üblich. Den anderen Lehrtöchtern, die mit mir die Berufsschule besuchten, erging es nicht besser.

Ich hatte Freude am Beruf. Meine ersten einfacheren Arbeiten waren: Schnallen und Polster überziehen, Gürtel fertigen, Änderungen vornehmen und andere nicht heikle Sachen. Der Sommer zog sich lange hin und es war heiss in dem kleinen Zimmer. Die Mutter von Idy Krummenacher kam jeweils auch noch in das kleine Atelier, um die Haushaltwäsche zu bügeln, weil wir hier Industriestrom hatten. Einmal trug Martha ein sehr kurzes Pulloverli, es war ja so heiss. Da sagte Frau Krummenacher: „Du solltest künftig längere Ärmel tragen, es steht dir nämlich gar nicht gut mit deinen dicken Armen". Von da an nannten wir sie nur noch die „Alte". Sie führte auch im Hause das Regime. Sie hatte eine besondere Stimme, die durch alle Wände drang. Wir verstanden fast jedes Wort, das sie nebenan mit Idy in der Küche sprach. Es war nichts Gutes, obwohl sie fleissig mit dem Velo, das wir „Steppgeiss" nannten, in die Kirche fuhr. Es war ein hohes schwarzes Rad. Darauf sass die Alte hoch aufgerichtet, in Schwarz mit Hut.

Zu Ende des Sommers 1947 heirateten Idy und Dölf Krucker. Bruno, sein Bruder, war der Brautführer und Friedel Schmutz die Brautführerin. Wir drei von der Schneiderei waren zum Nachtessen ins Bädli eingeladen. Hier lernte ich Bruno erstmals richtig kennen. Er gefiel mir, aber er hatte nur Augen für Friedel.

So im Spätherbst kam Bruno ins Atelier an der Florastrasse um zu fragen, ob wir jemanden wüssten, der im Tambourenverein Theater spielen würde; sie bräuchten noch junge Frauen. Da soll Frau Krummenacher gesagt haben: „Fragt doch das Rösli". Ich sagte spontan zu. Im Spätherbst 1947 begannen wir mit den ersten Theaterproben; *„De Chüngelibrote"* hiess das Stück. Einmal nach einer Probe regnete es heftig. Ich war ohne Schirm; aber Bruno hatte einen dabei. Selbstverständlich begleitete er mich nach Hause. Und da „funkte" es.

Bruno machte Tanzmusik, da war ich öfters auch dabei. Meine Eltern schrieben mir immer vor, wann ich heimzukommen hatte. Das brachte mich oftmals ins Dilemma, weil

Bruno nicht verstehen konnte, dass ich so früh heimgehen musste, denn er war fünf Jahr älter als ich. Bruno stellte sich bald meinen Eltern vor; er wurde von ihnen gut aufgenommen.

Dann kam der legendäre Tag. Idy sagte während der Arbeit zu mir, ich solle am Abend zu einer bestimmten Zeit nach Flawil kommen. Dort wohnte Theo, ein weiterer Bruder von Bruno, mit seiner Frau Lilly. Bruno, Dölf und Idy warteten bereits auf mich. Ich musste alleine in der Stube warten, während Bruno in der Küche über unsere gemeinsamen Aktivitäten verhört wurde. Sie beschworen ihn, sich von mir zu trennen. Ich sass allein in der Stube, hörte einiges und konnte mir in Ängsten vorstellen, was da auf uns zukam. Lilly kam zu mir in die Stube und malte mir den Teufel an die Wand, wie es mir ergehen würde, wenn wir heiraten müssten. Ich könnte mir keine Tafel Schokolade mehr leisten, wenn wir heirateten! Sie, Lilly müsse sogar jeden Franken umdrehen, auch ohne Kinder! (Ich glaube, das war für die Kruckers das Schlimmste, was je passiert war, als Tochter Margrit heiraten musste. So eine Schande!)

Nun, die Männer fuhren mit ihren Velos nach Hause, während ich wie ein geschlagener Hund mit Idy zum Bahnhof lief. Dort angekommen rief sie zornig: „Weisst du, am liebsten würde ich dir den Schirm links und rechts um die Ohren schlagen, so eine Wut habe ich auf dich". Von diesem Tag an sagte sie nie mehr, ich hätte gute und schöne Arbeit geleistet. Das war das Schlimmste, was sie mir antun konnte. Ich merkte hingegen wohl, dass ich als Unterstiftin schon an Braukleidern nähen durfte, während die Oberstiftin Martha keine in die Hände bekam.

Ich nutzte all meine Talente, um gut zu arbeiten, damit mich Idy ja nicht aus der Lehre warf, wenn ich schon eine solche Ausgeburt der Hölle war. Einmal, ich war einige Tage krank gewesen, durfte ich einer Kundin ein Kleid bringen. Sie fragte mich, ob ich das Rösli Koller sei. Ich bejahte. „Sie waren ja krank", meinte sie. "Deshalb habe ich mein Kleid nicht früher bekommen. Frau Krummenacher sagte mir, Sie ersetzen ihr eine gute Arbeiterin". Da wusste ich wieder einmal, dass es nicht so schlecht um mich bestellt war. Ich besuchte ja auch so gern den einen Tag pro Woche die Berufsschule. Dort wurden meine Zeugnisse immer besser.

Im Sommer 1948 merkten wir, dass Idy ein Kind erwartete. Sie sagte uns, wir könnten Ferien machen, wenn sie im Kindsbett sei, was im September der Fall sein würde. Dieser Sommer war sehr heiss und die Hitze in dem kleinen Zimmer mit bis zu fünf Personen drin gross. Ich freute mich auf ein paar Ferientage im Welschland, wo ich vor Beginn der Lehre ein Jahr lang gewesen war. Trotz Ferien musste ich aber in die Berufsschule, und so konnte ich höchstens sechs Tage weg bleiben. Doch das Kind liess auf sich warten. Und dann eines Morgens war Idy nicht mehr da. Sie war in Herisau im Spital; die Geburt zog sich hin. Wir arbeiteten noch eine ganze Woche, um angefangene Arbeiten zu beenden. Rösli Zwicker hatte die Oberaufsicht. Und dann kam nach langen, schweren Tagen Peter auf die Welt.

Nach etwa vierzehn Tagen nahmen wir die Arbeit wieder auf. Bruno und ich konnten nur noch heimlich zueinander Kontakt halten. Mein täglicher Arbeitsweg führte mich über den schmalen Palottinerweg. Dort stand manchmal versteckt Ernst

Übersax als Brunos Briefträger. So konnten wir unsere Briefe austauschen. Ernst musste sehr aufpassen, denn Dölf benutzte denselben Weg von der Schreinerei Zwicker nach Hause. Wenn er mir begegnete, machte er einen „Lätsch" und murrte ein kurzes „Hoi".

Eines Tages erhielten meine Eltern einen anonymen Brief. Darin stand unter anderem, sie würden jedem Salatkopf im Garten mehr Aufmerksamkeit schenken als ihrer Tochter. Meine Eltern waren sehr aufgebracht. Wir konnten ja denken, woher der Brief kam, wir hatten ja sonst nirgends Feinde. Mutter nahm den Brief und ging damit zu Kaplan Hangartner. Sie erzählte ihm ihre Sorgen. Da zerriss der Kaplan den Brief in hundert Stücke und warf sie in den Ofen. „So macht man das mit solchem Dreckzeug", sagte er, „machen Sie sich keine Sorgen, Frau Koller, ich kenne Ihre Familie".

Im Herbst 1948 beendete Martha Forster ihre Lehre. Lydia Eigenmann aus Waldkirch wurde neue Lehrtochter. Martha hatte kaum je Kleider austragen müssen, weil sie von Hauptwil war und immer auf den Zug hatte eilen müssen. Mit Lydia war es dasselbe. Mich störte das nicht. Ich trug gerne Kleider aus, gab es doch hie und da fünfzig Rappen oder gar einen Franken Trinkgeld. Damals pflegte ich schon meine kleine private Kundschaft. Ich änderte und nähte für Verwandte und Freundinnen. Meine Eltern mussten mir kein Geld mehr geben für meine Bedürfnisse. Sie hatten ja für sich kaum genug. Abends, wenn ich daheim war, setzte ich mich auf den Tisch unter die Stubenlampe und nähte, bis ich zu Bett ging.

Wenn ich von der Berufsschule aus Flawil kam, holte mich Bruno meistens am Bahnhof ab und begleitete mich nach Hause. An den Sonntagen schauten wir, wo etwas los war. Nachher erzählte Rösli Zwicker jeweils alles Idy, was sie aus mir herausgequetscht hatte. Dann wurde Idy wieder wütend auf mich.

Die Lehre ging langsam dem Ende zu. Der kleine Peter war auch bald ein Jahr alt, da sollte er langsam sauber werden. Obwohl er, wie es damals noch üblich war, oft lange im Topfstühlchen sass, hatte er halt nachher doch volle Windeln. Dann packte ihn Mutter Krummenacher, stellte ihn in den Schüttstein und spülte ihn kalt ab. Dazu nahm sie den alten Pfannenriebel, der aus gleichem Material wie die Reisbesen war, und putzte ihm damit den Hintern. „So wird er's lernen!" sagte sie. Wenn sowas jeweils wieder aktuell war, holten wir in der Küche Wasser fürs Bügeleisen, damit wir Zeugen sein konnten. Wir waren entsetzt.

Es nahte die theoretische Prüfung. Diese dauerte einen Tag. Ich weiss sogar noch das Aufsatzthema: *„Ein Zwanzigrappenstück erzählt"*. Den Stoff für das Prüfungskleid, das wir an der praktischen Prüfung für uns selber nähen mussten, hatte ich sorgfältig ausgewählt. Es war ein feiner, dunkelgrüner Wollstoff. Mit diesem ging ich im Herbst 1949 an die dreitätige Prüfung nach St. Gallen in die Frauenarbeitsschule. Wir bekamen drei Modelle zur Auswahl. Ich wählte das komplizierteste Modell mit sieben Knopflöchern. Ich sah es schon fertig vor mir, bevor ich mit Zuschneiden anfing. Mit Argusaugen beobachteten uns die strengen Expertinnen, wie wir die Arbeit in die Hände nahmen. Mir lief es sehr gut. Zwischendurch wurde jede von uns noch in Materialkunde befragt. Die Aufgabe war, den Stoffverbrauch für ein Kleid ausrechnen. Zum Schluss musste jede ihr

Kleid vorführen um zu zeigen, wie es sass. Dann wurden die Kleider noch ganz genau innen und aussen begutachtet. Ich hatte ein sehr gutes Gefühl. Meine Eltern erzählten später oft, ich wäre singend von der Prüfung heimgekommen. Anfangs Oktober wurden wir für die Lehrbriefverteilung in Lichtensteig aufgeboten. Bruno begleitete mich. Meine Eltern wollten auch mitkommen, aber ich hatte das Gefühl, es würde schon an Bruno reichen. Es waren über 50 Lehrtöchter versammelt, die alle auf ihr Fähigkeitszeugnis warteten. Vom Ablauf dieser Feier weiss ich kaum mehr etwas. Ich war die Beste von allen abschliessenden Schneiderinnen mit einer glatten Eins. Das hatte niemand sonst erreicht. Es war einer der glücklichsten Momente in meinem Leben, abgesehen von den Geburten meiner Kinder.

Abends auf dem Heimweg hatte Bruno die blöde Idee, meinen Eltern zu sagen, ich wäre durchgefallen. Ich wollte nicht so recht einwilligen. Aber Bruno meinte, es wäre sauglatt zu sehen, was für Gesichter sie machen würden. Also erzählten wir daheim in der Stube, ich sei bei der Prüfung durchgefallen, die Bewertung wäre ein unglaublicher Betrug gewesen. Meine Mutter erbleichte; sie und Vater sahen so komisch aus. Da erklärte ich, es sei nur ein dummer Spass von Bruno. „Nein, nein!", rief ich, „ich bin die Beste von allen und ich durfte mich ins goldene Buch der Handwerker eintragen!" Diesen Blödsinn würde ich meinen Eltern nie mehr antun. Umso mehr freuten wir uns dann alle zusammen. Weil ich so gut abgeschnitten hatte, durften Bruno und ich nochmals ausgehen. Wir besuchten einen Unterhaltungsabend eines Vereins im Restaurant Sonne. Und wer war auch dort: Dölf und Idy. Ich berichtete Idy, dass ich sehr gut abgeschlossen hätte. „Schön", meinte sie, „da siehst du, was eine gute Lehrmeisterin ausmacht".

Am 15. Oktober 1949 beendete ich neunzehnjährig meine Lehrzeit – ziemlich trocken. Mein Vater erwartete von meiner Lehrmeisterin ein Zeugnis für die zweieinhalb Lehrjahre. Er war auch gespannt, was darin stehen würde. Er musste es bei Idy anfordern. Es kam laut Poststempel am 29. November 1949.

Dölf sagte Jahre später zu mir: „Bisch glich no ä guets Müetterli worde".

Gossau damals

Alti Aaleggi

D'Mode isch eimol ase gsi, eimol so.
I verzele Modisches ond Alts vo <u>do</u>.

Bi de Mane isch es Brislihemp en Werchtigs-
groscht,
am Sonntig aber ä gschtärchti Hemperbroscht,
met falschem Chrage ond eme Hemper-
chnöpfli,
ond en Öberzücher, wenn's chaalt söt sii.

De Maa hät Gamasche gha oder Wadebinde,
diä hät mer müese vo Hand ufwinde.

Bi Pflotsch ond wenns recht schneit,
hät de Herr Galosche treit.

Di berüemte Hanteli
send doo grossi Mode gsii.

Wunderschöni, alti Gschichte
gets au vo de Fraue z'brichte.

Hät en Sogg ä Blödi gha,
hät mer g'mascheschtichlet dra.

Ferse inelisme miteme Trömli isch ä Kunscht,
vo dem hät niemer meh en Dunscht.

D'Fraue hend aber nöd no gfliggt,
sie hend au söss gwösst, was sich schiggt.

Bluuse mit Schabo ond Schpitze,
langi Schüpp met Beselitze.

Offni Hose dronder; i ha no eini gseh,
do hets of de Schtross eifach e Bächli ggeh.

Aber söss zueknöpft bis onder de Hals,
met Schtössli ond Muff, mer sächt jo söss aals.

Zom daa schone vor Drägg ond Mose
het mer Öberärmel treit ond Ärmelschosse.

Wössed er au no, wa Gschtäältli sind?
Diä hend mer Meitli aagha als Chind.

Uf jedere Siite en Gummi met Löchli,
Schtraps het mer gseit, da isch ganz
normal gsi.

Am Schtrompf en rechte Chnopf,
doo dröber het mer s'Löchli gschtropft.

En Onderrogg dronder ond e Röggli
meteme Bubichrägli.
En Bubichopf, fascht het i gseit e Bubirädli.

Langi Hose hets för d'Meitli niä ggeh,
vilecht Pöss bi höchem Schnee.

D'Buebe hend langi Hose gha, doo wiä hüt
und Knickerbocker bi bessere Lüt.

Sorg ha und uusträäge hend's üs glehrt,
jo, mer het en Mantel nomel gkehrt.

Schlussendlech hend's vo dere Pracht
no alli Sorte Botzlömpfe gmacht.

Aaltpapier

Di hütige Hüüfe bi de Papiersammlige hemmer z'schriibe ggeh.

Vor sechzg oder föfesechzg Johr hemmer fascht zwenig Aaltpapier gha. Erschtens isch de „Förschteländer" ganz tönn gis, met wenig Schport und Kontaktadresse. Denn isch i de Woche no eis Heftli cho ond jede Monet de Beobachter, söss nünt. Zerscht isch das aals emol ghörig uusglese worde. Denn het mer vo de Ziitige laufend WC-Papier gschnette. Da „Schächteli" isch jo all grad wider leer gsi.

Bi de Sitzig isch es mögli gsi, nomol Brochteil vo de Ziitig z'lese. Wenn de Puur frischi Hüslibschötti use tue het, sind nochher ganzi Fetze Ziitige of de Wese glege. Au do het mer nomol chöne aafange lese.

S'härter Papier, wie d'Heftli, isch zom Aafüüre vom Ofe, em Chochherd ond em Wöschhafe prucht worde. Au Schueiilage-sole hemmer devo gschnette. Ganz schöös Heftiifasspapier hets devo gghe. Zwöschet d'Vorfenschter isch Aaltpapier gleit worde, dass es weniger ine-zoche het. Chörb und Gschtell het me demet uusggleit, ond au d'Chochchischte isch ganz fescht uuspolschteret worde. Me het demet Fenschter potzt ond de Cherichtchöbel uus-kleidet.

D'Chind hend Soldatehüet drus gmacht, Fingerhüetlischpiel und Schiffli. Au en Drache hemmer emol met Aaltpapier baschtlet, doch er isch z'schwer worde. Mer hend do deför müese Sidepapier ufbhalte. D'Briggli sind no mit Papier iipackt worde, dass länger omehebed. Au Papierbriggli hemmer fabriziert. Do isch mer bi de Nochpuure no go Papier bettle. Da isch ine alti Gelte i chlini Fetzli gropft worde. Dröber het mer Wasser gleert ond öppe zwee Täg schtoh lo. Den hemmer das Gschlöder i d'Brigglipressi troggt, dass s'Wasser uusgloffe isch. Diä nasse Briggli hemmer a d'Sonn gleit, bis si forztroche gsi send. Diä hend üs im Winter s'Holz gschtreggt.

Jää, ond wenns no echli vorigi Ziitige gha het, hemmers inen Lade brocht zom lipacke. Deför hemmer en Salam oder e paar Zoggerböle öbercho.

Gossauer ABC

I ha Freud am Gossauer Dialekt.
Es lot sich öppe n'öppis säge so perfekt.
Mer send a Usdrögg nöd verlege,
zom mengs träf ond ganz gnau z'säge.

Es sei hüt no of's ABC beschränggt
wa mer so seit – und öppe teengt.
Ond wa draa chont hüt,
da sind d'Lüt.

Bi üs isch mer en aadlechi Frau und en
aadleche Maa,
ond mer het en aadlechi Aaleggi a.
Si isch en asigi Frau ond er en asigä Maa.
Da wär aals öber de Buechstabe A.

De Buechstabe B get meh her als de Erscht.
Do muesch froh si, dass kein Brali werscht.
D'Fraue send Babe, Botztüüfel ond Bacheli.
Blödi Babe ond Buebehogger semer amel gsi.

Bi de Mane gsehts nöd besser us,
i zell ämol ä paar Moschter uf.

Do gets Brääseli ond bröötigi Mane,
Brezelibuebe, Bloderi, mit dene chasch nünt
aafange.

En Büürlisüder isch kein Begg,
das isch ein, wo söss lang het.

Oder gär en Bölimaa,
vo dene hets scho immer gha.

En Börzel ond en Bäfzger chamer si,
bim Bodesuri isch aalls chlii.

Wechsled mer nootlos zom Buechstabe C.
Do hets au sone schös Wort för di Chline ggeh.

En Chnosli isch en chline, dicke, cheche,
gär kein freche.

Es Chrötli ond ä Chögli isch ä jungi Frau,
ordli cherig – ond au schlau.

Ä Chüechli ond ä Chelebabe isch mer schnell.
Keis Chileliecht si, isch au nöd hell.

Bi de Mane, da töör jo nöd wohr si,
do gits Chlötteri, Cholderi ond Chnorzi,

Chlööni, Chroopli ond Chüngelipure,
do mue mengi Frau versuure.

Es wör mi chützle, witer z'mache bis zom Z.
Chönd er eu vorschtele, wa daa no gäbt?
Am Schluss wöri lande bim Zwick ond em
Zwasli.

Aber hüt isch all daa gsi.
Er chönd mer jetzt säge Chlefe, Schese oder
Sefe.

Da isch mer glich.
S'Rösli Krucker, da bin ich.

D'Gossauer Hauptstross om 1940

Gosse veschtropft hüt im Verchehr,
ond doch isches no nöd lang her,
do isch d'Hauptstross üsen Schpilplatz gsi,
en Tummelplatz för Gross ond Chlii.
I träg si i mer, die Ziit von doo,
söss wärs nöd <u>soo</u> wieder one ufe choo.
D'Schtross isch Natur gsi, ohni Teer.
Wo chääm söss de Schprötzewage her?
I de höche Sommerzit
isch dä gfahre, dass nöd stübt.
Barfuess semmer henedri,
s'isch e halbi Badi gsi.

Chaalt isch de Winter choo, met riesige Made,
Gross ond Chlii hät müese pfade.
Doch es hät au Gaudi ggeh,
s'isch lis worde usem Schnee.
D'Puure send gfahre met Ross ond Schlette,
mer Chind hend aghenggt i ganze Chette.
Uf de Schue semmer heneno gschliseret bis is
Oberdorf,
de Puur het üs met de Geissle gschtrooft.
Mini Schue hend Nägel verlore,
de Vatter het mi pfitzt om beidi Ohre.

Dä Winter het üs au d'Fasnacht bscheert,
do hemmer üsi Nochrüefschpröchli verläärt:
„Indianer, Bekaner, Paradiser, Bettschisser".
Mer hend jo wöle,
dass sie chömed, diä Indibölle.

Sie sind eim noogschprunge ond hend üs
drangsaliert,
am Schluss no gfesslet, s'isch nöd vill passiert.
Si hät andersch gläbt üsi Schtross – ond wiä,
dass i hüt no so vill Sache gsiä.
De Gmüesler Alder hät jedes kennt.
Am andere Egge hends Freibankfleisch ver-
chünnt.
Es goht en Beck mitere Chrenze voll Brot,
ond e Meitli, wo mit eme Flade ganz hoseli
goht.
Dä bringt si em Beck zom Bache,
er tuet da för zwanzg Rappe mache.
Anderi bringed d'Schlörzi ime Häfeli deher,
soo isch s'Träge nöd so schwer.

Chind send onderwägs met eme Leiterewägeli,
sie sueched Rossböle ond söss no Chegeli.
D'Hönd send no omegloffe, wos hend wöle,
da goht jo zo de gliiche Böle.
Nei, da het mer doo niä gseh,
en Bless go a d'Leine neh.

D'Gassefuehr isch doo scho gfahre,
met Ross ame alte Charre.
Vill Abfall hets jo gär nöd ggeh,
ä chlises Chöbeli ond nöd meh.

D'Suuchoscht isch jo ono choo,
de Ziegler het aalls Verdorbni mit sech gnoo
i roschtige, grüüsige, alte Fässer,
i cha dä Süüreligschtangg nöd vergesse.

So, jetzt gohts witer ime n'andere Ton,
i tengg jetzt a d'Fronliichnamsprozession.
Si isch dors Dorf mit Musig, Gsäng ond Gebett,
schuurig schöö, dass ein fascht gfroore het.

Au d'Liichezöög sind dors ganz Dorf döre
gange,
de Liichewage mit Chränz behange.
Mer isch i d'Hüser wie dä Wind,
ond het gwartet, bis si verbii gsi sind.
De Gwunder hät eim denn gliich gschtoche,
so isch mer hender d'Vorhäng kroche.
Nochhär hät me dröber gredt,
öbs vill oder wenig Lüt gha het.

I weiss, diä Schtross het no vill Gschichte,
i cha nöd gär vo alem brichte.
So isch es gslii, es tuet mer weh,
wenn i hüt das Chaos gseh.

Gossau hät zwei S

Mer merkt's dem Gossau als Wort scho a,
üsi Schproch hät vill S und Ess-ze-ha.
De uschiibari Konsonant,
macht s'Gossauer Tütsch erscht interessant.

Es isch all so, dass grad för d'Lüt
im Dialeggt vill Uusdrögg get.
I bi vo dem Riichtum so ganz volle,
i wär wieder emol gärn en Schunggebole.
Setzchopf, Suugoof ond Schprenzlig het mer
mer au gseit,
Schwäzbäsi ond Schtäblijugger hani au no
verteilt.
Schtröpflig seit mer nöd zo Chind,
da sind eh Setzlig, wo verggrote sind.

Als Goofe hemmer e Schpröchli gseit, da het
mer soo gfale:
„D'Suubale vo Sanggale isch i d'Schtande abe
gfale.
Do het sie müese Chegeli biige,
dass sie wieder het chöne ufe schtiige."

I weiss gär nöd, wa da isch,
förs Manevolk send d'Öbernäme verschwen-
derisch:
Wenns nöd pflegt send, sends Suggel ond
Suulodi,
in glichi Topf ghöret d'Schlampi, d'Schlarpi ond
d'Schlofi.

Es get Schotzgatteri, Schliifer ond Söderi,
Schlappschwänz ond Schlunggi ond no anderi.
Drei mueni no säge, denn höri uf:
Schlawiner, Schangli ond Kamuff.

Au di veschidenschte Sache zom Esse
möchti bim Ufzele nöd vergesse.
I de Badi hets amel „Schindle" z'chaufe ggeh,
i glaub för en 10er oder zwee.
One bruurot ond obe en süesse wiisse Guss,
isch da amel guet gsi – en uuchoge Gnuss!
Mänge Schnodergoof het a sim Schnoderzapfe
gschlegget
ond sich s'Muul ond s'Gwand verdregget.
Schlörzi tuet mer uf de Flade,
da chunt denn no so dröberabe.
D'Böle hend Schelfere und Schluechte.
Schlötterlig ahengge und schtaliere isch fascht
flueche.
Schtörgeli hebet s'Wöschseil dobe.
Wörter hemmer, mer chas chum globe.
Soo – oder verchlineret heissts soodeli –
da send d'S vo Gossau gsi.

Kulinarisches us minere Juged

Weni mini Chinderzit so ufrolle,
chunt diä Zit, wo mer hend müesse
Lebesmittelcharte hole.

Es het echli Schoggi drof gha of dene Böge
doch zom da iilöse hemmer chum vermöge.

Öpe en Zoggerbole hets scho geh ime Lade
oder e Schtöckli Süessholz cha nöd schade.

Ä Wundertüte hani am Chläusler wöle,
meteme Nüteli drin und vill süesse Böle.

Schueböndel us Bäredreck hets geh anere
Role,
diä het mer im Schtändli müese hole.

Wemmer zom Metzger ggange isch,
hets Fleisch gha, nöd hender Glas, aber frisch.

Chrös, Gstell, gräuchts Uter, Schwartemage,
en Vierlig Ghackets het glanget a Wochetage.

Lueg diä schöne kochete Sauwädli, Schnörrli
und Schwänz
und d'Salam send ghanget a ganze Chränz.

Stierenauge, da isch kei Fleisch,
diä gets am Fritig, wenn'd nünt z'choche
weisch.

D'Fraue hend künschlet mit altem Brot,
mer isst au Vogelheu, Öpfelröschti und
Tüngglisoppe i de Not.

Chratzete, Amelette und Zone hets ggeh bi üs,
s'isch alls guet gsi, wie jungi Müüs.

Vill Brot isch kauft worde bi de Begge,
Föfpfönder, trölleti Gipfeli ond Öpfelwegge.

Öpenemol hets auf för ä Moore glanget,
am Sonntig met Hung oder Latwäri, of das hani
planget.

Öberhaupt, es isch soo vill uuguet gsi als
Chind.

I finds nüme so speziell, well mer im Wohl-
schtand send.

Oder isch d'Handarbet oder d'Ehrfurcht vor em
Esse,
wo mii d'Öpfelchüechli vo de Mueter nöd lot
vergesse.

Samstagabend

in der Wirtschaft zum Pfauen bei Frau Kölle. Dort sassen die notorischen Säufer und solche, die die ganze Woche gearbeitet hatten, bis zum Samstagmittag. Im Pfauen gab es den besten vergorenen Oberaacher Most. Es wurde kaum etwas anderes getrunken.

Zu später Stunde tat sich die Türe auf und herein kam die Heilsarmee. Ein Mann in Uniform der Salutisten und ein oder zwei Frauen waren dabei. Diese trugen komische schwarze Topfhüte mit herunterhängenden roten Schleifen. Sie stellten sich in eine Ecke und sangen mit Gitarrenbegleitung von Jesus, Schuld und Sühne. Die Gäste redeten weiter.

Einer der „Säftler" bat darauf, sie möchten doch noch das „Mutterherz" singen. Sie sangen es zweistimmig, schmelzend. Unter anderem hiess es: *„Ein Mutterherz weiss nur allein, was Liebe heisst und glücklich sein"*. Bei diesem Lied war es ganz still. Die obligate Kollekte wurde eingezogen. Dann verschwanden sie in die Nacht hinaus, ins nächste angeschriebene Haus, bis das letzte Appenzellerbähnli sie heimbrachte nach Herisau.

Lerne schriibe

Di erschte Schriibversüech hemmer i de Schuel of Schifertafle gmacht, Hüslitafle ond Linietafle. Dezue hemmer Kafigreffel ond Milechgreffel bruucht. D'Kafigreffel send härter ond billiger gsi (10 Rp.), d'Milechgreffel heller ond weicher (20 Rp.). S'Schriibe het e Grüüsch gmacht, wiä söli säge, es het kratzet ond giibschet, dass eim d'Ohre weh tue hend. Wemmer de Greffel nöd recht i de Hand ghebet oder gär linggs gschrebe hend, het mer bald eis met em Schtegge of d'Chnödli öbercho. Isch bim Schriibe öppis lätz gsi, het mer Schpeuz ond de Finger gno zom Lösche.

D'Schifertafle het chöne breche, wemmer si enand öbers „Zifferblatt" zoche oder im Schuelerthek z'fescht gschöttlet hend. I weiss, dass i lang öber en Schprung ine gschrebe ha. Am Samschtig het mer diä Tafle söle wäsche met Wasser ond Seife. Vill isch da vergesse ggange. D'Greffel hemmer müese schpitze. Jedes Chind het näbe en Sandschtei gwösst, wos het chöne schliife. Au di verbrochne Greffel hemmer wieder gschpitzt.

Zo de Garnitur hets no ä Schwamm-schachtle bruucht; meischtens ä Blech- oder ä Bakelitböchsli. Do drin isch ä nasses Schwämmli gglege. E Ziitlang hemmer Bohne dri tue. Denn send us dere Böchs Bohne gwachse. Drom het mer de Schwamm nöd chöne wäsche. Da het gschtungge, dass Gott erbarm. De Lehrer het üs diä Gschtrüch verbotte.

Met de Ziit send d'Linie ond d'Hüsli vo üsere Tafle all bleicher worde. S'isch Ziit cho, zom met Tinte schriibe. Bis da echli suber worde isch, hets lang bruucht. Neui Federe hetmer zerscht emol im Muul müese abschlegge, dass si Tinte aagno hend. D'Finger hemmer met Tinte ver-schmiert ond d'Öberärmel ond s'Muul send vechlebet worde. D'Tinte het im Muul ond i de Nase en eigne Gschmagg henderlo. Mänge Tolgge hets ggeh, bis mer langsam met em Tintelompe ond em Löschblatt hend chöne suuber schaffe.

Wenn i scharf zrogg tengg,
stiiget mer Düft dors Herz ond dor d'Seel.
I meine jetz nöd Chümiwörscht, Chuttle oder
Gstell.
I mache zom Thema vo hüt ...

... die alte Schuemacherslüt.

I hör no das Chlopfe ond schmegg dä
bschtimmti Gruch
i jedere Buddig s'Dorf ab ond deruuf.
Mer hend i üsere Klass drüü Schuemacher-
schind gha,
ond i han au us sonere Famili dä Maa.

Im Oberdorf elei send scho zwee; so fanged
mer emol a:
Do send d'Schuemacher Höögger ond
Lauermaa.

Im alte Ochse – obe im Rangg,
do isch bim Schueni Egli dä gwössi
Gschtangg.

Dä Klaus nebem Füger, dä isch en Schtogg
wiiter one,
dä tuet verchaufe, fligge ond sole.

A de Hirschestross obe isch de Meischter
Vögeli gsii,
de Vorfahr vo de ganze Vögeli Chaufhus-
Dynaschtie.

Ond dengged fescht noo, im alte Adler, truurig
ond arm,
do het de Knittel klötteret, dass Gott erbarm.

Denn send diä zwee Schäfler cho – i meine
d'Mesmer,
diä schaffed denn scho ä stuggwit besser.

Denn chämt de Weigersdorfer, en Meischter,
dä cha omgo mit Leder und Leischte.

De Wälchli het au no exischtiert
för ali, wo meh oder weniger reformiert.

Denn hemmer no eine, da isch kein neue,
de Schueni Huwiler – das isch en Treue.

S'Onderdorf het emol eine vo de Zunft müese
ha.
Wössed er no, i de zweite Hälfti vom „Säntis"
onedra,
do het de Giger tifig gschafft
met vill Arbet ond met all siner Chraft.

Ond denn hets no en Dütsche ggeh –
aber er het e Gschlecht gha wie'n en
Sanggaller.
Jetzt chonnt's mer in Sinn – de Schuemacher
Haller.

Wisawii vom Bädli, do machi e Wett,
dass döt nüme de Schuemacher Krucker get.

Wenn i jetzt noozele, hets zo üsere Zit vierzää
Schuefligger ggeh.
Ond hüt, bi fascht drümol meh Iiwohner, no
öppe zwee.

Mer het doo d'Schue no gfliggt ond wieder
treit,
ond nöd grad aals in Chöbel gheit.

S'Gält het nöd gglanget zom all Neus chaufe,
ond zuedem – mer sind no glaufe,
öber Rossböle gschlergget, im Dorf ome
gschwanzet,
gschliseret ond tschalpet, zäbelet ond
gschtampfet.

I ha soo mengs Paar Schue döre gfigget,
bi mer hets min Vatter no selber gfligget.

Es het sich mengs g'änderet uf dere Welt,
di Junge lached, wemer da verzellt.

Mit de Ziit chönd no Chind uf d'Welt,
wo one dra scho Rädli hend.

Öbernäme

sind schnell gebore, schtönd wörtlech öberem Name ond chönd öber Generatione bliibe. Sie sind mengmol biissig oder bissig.

Scho i de Schuel hets doch en chline, tunkle Bueb gha, dem het me Negus gseit. I üseri Klass isch de Salam Huber ggange. Jo, de Salam. Als arme, chline, magere Waisehüsler isch er vom Eschpel cho. Denebet het de Pantli ganz chäch usgseh. Worom hemmer au so Worschtnäme usteilt? Wohrschinli will mer zwenig devo z'esse öbercho hend.

Natürli hemmer au de Lehrpersone gli en Öbername aaghengt. Di resolut Schwöschter Maria Alacoque isch gli emol de Alechog worde. Ond di chli Schwöschter Eustochium het mer Storchebeili tauft. En Lehrer, wo hine am Chopf all es Tschüpeli Höörli ufschtoh loo het, isch de Pinsel gsi. Wenn i is Dorf gange bi, het meischtens grad nebem Coifför Hohl d'Herzfödlehedwig zom Fenschter useglueget. Sie het knapp i de Chrüzstogg ine passt. Eren Buuse hät en wiene grosses Chössi usgföllt. Si hät aber au ine ä grosses Herz gha. Eren ledige Brüeder ond sie hend als

Gschwöschterti Klingler de Schuelgmeind s'ganz Lindeberg-Areal gschenggt.

Denn send eim au di verschidene Ziitigsverträger vercho. De Eugen Mettler met de Gossauer Ziitig und de Auguscht Zünd met em Förschteländer för di Katholische. Wills vill meh Förschteländer prucht het, isch au no de Gantebei onderwegs gsi, en Erzkatholische. Of sinere Tuur het er de Rosechranz betet, de Gnadebei, oder glismete Heiland het mer em au gseit.

De fromm Alder het nöd omesöss de Name öbercho, au d'Vaterunser-Möli nöd. Dezue het au d'Wyssi met em Knallfix passt. Im Dorf isch au d'Modeschau Braun uufgfale, ganz extravaganti Schwöschtere usem Niederdorf. I de gliiche Hüserreihe wie diä het au s'Volängli gwohnt, ä Kunschtstopferi, wo Schabelöcher osichtbar gmacht het.

Sicher gets au i andere Dörfer en Gmeindsmuni, en Bock Meier oder en Schellenonder Jo, me isch schnell parad, öperem zäge Hueberi ond Mülleri.

Da isch es gsi.

De Wälti

De Isewarehändler Hans Wälti
het alls gha bis zom Geltli.
Wachstuech, Isebane, Märklinchäschte,
Muusfale, Passevite, als vom Beschte.
Nachttöpf, Schrübli, Häfeli,
Chüngelidroht und Nägeli.
Eifach als för Hus und Stall,
feinschti Service und Kristall.
Dezue no s'Monopol för Karbid,
Munition, Gwehr und Schedit.
De Holzer katholisch, er reformiert,
doch sis Gschäft het floriert.
Alles het de Wälti gha,
doch – öppe gschpune het de Maa.

Öberwohl, bis zom verschprötze,
denn hets bim Wälti müese chlöpfe.
En Kanonedonner het er glade,
da isch nöd gange ohni Schade.
Nebedra, i de Garage Chreiema hets emol
ali Schiibe potzt, und sogar no die vom Car.

D'Muetter het müese e Pfännli ha,
do send mer zame zo dem Maa.
Ond wie's so isch,
de Wälti henderem Ladetisch,
er het Grimasse gschnette für sich elei,
Faxe gmacht, gschtampft met de Bei.

I han Angscht gha, ha wöle goh,
do seit d'Muetter, jetzt blibsch do.
Doch i bi weg
und wo's a de Töre glögglet het,
isch er verwachet – werd normal,
und frögt denn so ganz banal,
Frau Choller, wa müend Si ha?

Ehr chönts jetzt glaube, wenner wönd,
er het emol de Schnee anzönt.
So Hüfe Schnee vor sim Lade,
de Hanselma het müese pfade.
Met Karbid het er en öbergosse,
azönt und er isch zischend schnell verloffe.

S'Personal het das scho kennt,
er isch öppe dorebrennt.
Plötzlich hets en öberno,
in „Sterne" het er müese go.
Er het Witz verzellt, dass allne gfallt,
am Schluss die ganzi Rundi zahlt.

Da sind no paar Müschterli,
es isch no mengs, mengs anders gsi.
Mer het en belächlet und au gschätzt.
I hanem do es Denkmol gsetzt.

Reife Jahre

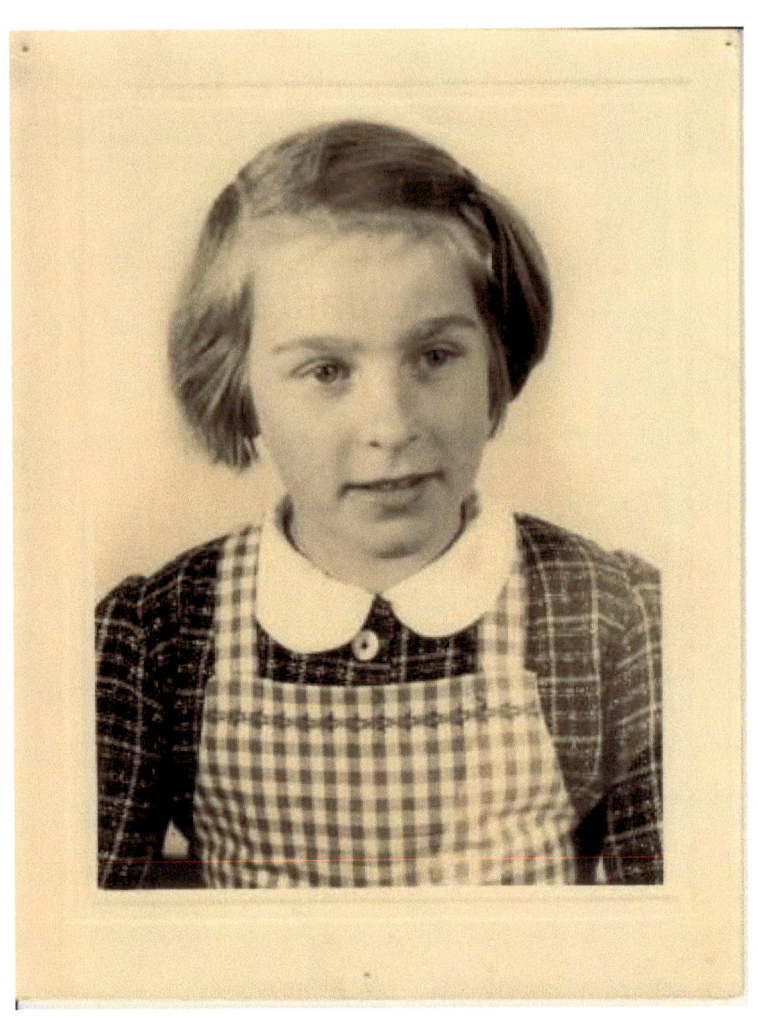

Selbstbetrachtung
1. September 2014

Heute vor 75 Jahren war ein besonderer Tag. Darum schreibe ich Dir Rösli, wie ich Dich auf diesem Foto sehe, einen Brief. Da warst Du etwa 11 Jahre alt. Zufällig fiel mir das Bild wieder in die Hände. Tagelang habe ich Dich Rösli betrachtet. Du warst ein armes Kind und doch siehst Du nicht arm aus. Ein schönes weisses „Bubikrägli" am Kleid. Die Haare ordentlich geschnitten. Einige wilde Strähnchen beleben die hohe Stirn. Die Schürze hast Du in der Arbeitsschule genäht. Wie ich sehe, waren schon zwei schöne Schneidezähne da. Klare Augen, aber so richtig heiter siehst Du nicht aus. Es liegt ein Schatten über Dir. Das Kind ist nicht glücklich.

Genau, der 1. September 1939 war ein schwerer Tag für Dich. Deine Mutter war im Spital. Sie hatte wieder einmal eine der etlichen Fehlgeburten. Der Vater musste plötzlich einrücken. Dein Halbbruder Armin, den Du so sehr liebtest, war an der deutschen Front. Du warst allein, ganz allein. Da nahm Dich die Familie Bossart vis à vis – heute Bäckerei Gehr – auf. Du schliefst zwischen den beiden Töchtern Anni und Klärli. Die Schule ging weiter. In der Freizeit hattest Du – wie später Jakobeli Schäfler – Brot auszutragen und Laufmädchen zu sein. In dem Haus gab es kein Wohnzimmer, nur die Wirtsstube. Teilweise musste auch Lehrer Fürer einrücken. Da warst Du einfach in der „Weinburg" untergebracht.

Auch später lagen Schatten über Dir. Dein Bruder Armin war die ganzen Kriegsjahre über an der Front und blieb in Stalingrad vermisst. Die Mutter war viel traurig. Bis an ihr Lebensende mit 85 Jahren wartete sie auf ihren Sohn. Das weisst Du alles, Rösli. Es hat Dich auch stark gemacht. Die Eltern taten alles, um ihr einziges Kind zu fördern. Ich kann Dir verraten, Du bist eine Hinterhofdichterin geworden, hast drei Kinder, sechs Enkel und zwei Urenkel und bist glücklicher als damals.

Mein neuer Freund

23. Juli 2012

Ganz lautlos ist er bei mir eingezogen in die Stille des Alters. Niemand hat es bemerkt, es gab auch kein Geschwätz darüber. In der Langeweile der Nacht verweilte er ganz sanft bei mir, zog wieder aus und war wieder da:

Der Atem

Wir sind engste Freunde geworden. Bei jedem Besuch dehne ich mich etwas aus. Die Zwiesprache mit ihm ist endlos. Ich frage ihn, wo er schon überall gewesen sei? Er erzählt mir, wie die Luft auf dem Säntis kalt gewesen oder in den Dünen in Afrika sehr heiss. Manchmal rieche ich auch selber, dass er beim nahen Bauernhof beim Güllen dabei war. Er sagte mir, das Schönste wäre, wenn ihn die Menschen einatmen und er dort einen Moment im Innersten verweilen dürfe. Die menschliche Wärme täte ihm gut.

Solange ich mit ihm rede, ist er da. Die meiste Zeit vergesse ich ihn. Doch er ist immer ansprechbar, ob ich ausser Atem bin oder zärtlich. Er wird mich nie verlassen, bis **er** mich verlässt.

Dichtungen

Ich glaubte
es wäre alles gut
doch ich wurde
von Wand zu Wand
geworfen
bis meine Haut dick war
und meine Seele
taub

Ich sprach
ein kritisches Wort
es traf eine
wunde Seele
gäbe es doch ein
Nichtwort

In meinem Körperhaus
bin ich daheim
geborgen.
Doch wenn ich
Geborgenheit nötig hätte
bin ich aus dem
Häuschen.

Helle Glocken
Goldene Hochzeit
Erinnerung
Wehmut
Schmerz
Von hellen Glocken
habe ich geträumt

Sohnestränen
graben tiefe Furchen
in die Seele
der alten Mutter
Kindestränen
rannen nur
übers Herz

Bin Herr (Frau) über
ein paar Fliegen.
Kann nicht töten,
lasse sie hinaus

Warenhausgerangel
Einsamkeit.
Jemand sucht Jemand
um einen Kaffee zu trinken.
Ich habe keine Zeit

---

glück
wie glas
der nächste
misston
zerbrichts

Im Traum
gehe ich in neue Räume
muss zügeln
nichts passt
ein Raum
geht in den andern über
nichts passt

Frühling im Alter
Zeit haben zum
be – sehen
be – staunen
be – greifen
be – wundern

Die Wunder
Warmer Sommerabend
mit beiden Händen
möchte ich dich lange halten
für die kalte Zeit

Herbst
du Übervoller
und doch
lauert in dir
die Ahnung
des Vergänglichen

Winter
deine Eisblumen sind schön
doch ich freue mich
bis sie tropfen
und wieder
Blumen werden

In der Natur gedeiht
Unkraut, Dornen, Wermuth.
Bei den Menschen
Arroganz, Streit, Lug und Trug
in Gottes weiser Schöpfung

In welche Himmel
soll ich das schreiben
einmal zwei Stunden nicht
schlafen können
vor Glück

Es gibt
leichtfüssige Tage
und solche
die hocken bleiben

Altwachsen ist
kleiner werden
langsamer sein
nicht mehr
erwachsen

Gestern habe ich den Frühling
gerochen.
Heute habe ich ihn
gehört.
Es gluckst im „Chängel"
der Schnee zerrinnt

Sag einer Frau mehrmals
sie wäre eine dumme Kuh.
Dann glaubt sie das
und spricht nicht mehr.

Geborgenheit
weicher Flügel
runde Wärme
aufgehobenes Sein
bevor du
zeitlos entfliegst

Der Flügel des Windes
streicht über das Wasser
während die Engel
auf dem Grunde des Teiches
weinen

Die Tage des Lebens
rennen dahin.
Meine Schritte werden kürzer
sie scheuen das Bodenlose.

Schneekristall
zerschmilzt zu Wasser
wandelt sich mehrmals
geht vielleicht durch mich
hindurch – wird
Schweissperle

mühsam deinen
körper schleppend
sah ich dich
erster stern
wirst langsam
untergehen
erdwärts

Morgendämmerung

Ein neuer Tag zieht über mich
wollte mit ihm reden
war unansprechbar
entflieht ins Meer der Zeit.

Die Nacht ist rund
kreist um die Welt
in meinen Träumen
alles rund
kein Ziel
weich, ungängig
auf dem Bauch
zur Seite
auf den Rücken
meine Nacht
ist rund

---

sie
rennt schleicht
zögert flieht
die Zeit
geht zu ende –
und bleibt

Schön wie Pfau
wie Fuchs so schlau
wollt ich werden.
Leben drehte mich
zum Wurm,
Erde fressend
feinste Häufchen
hinterlassend.

---

morgenerwachen
datumswechsel
trottleier
alltagsmühle
mit fransen
als ob
ritzensonne
auf

MACHT
krallengriff
harmlose fratze
legt sich über andere
grinst bläht sich auf platzt
ins
nichts

Schuld –
Gefühl legt sich
wie Nebel in
Kleider Seele
Nächte
wars genug
gesorgt geweint
gedacht
ich glaube

In meiner Kiste
erlebe ich
die Jahreszeiten.
Durch ein Astloch
sehe ich
die Spirale
der Welt
sich drehn

Hoch-Sommer-Zeit
Sonne und Wasser
feiern Feste
verschmelzen
erzwarme Glocke
schlägt sanfter die Zeit
Hoch-Zeit
Am Stiel
aufgehängt
reifen
fallen
faulen
Früchte

Das Leben
hat mich
nach innen gekehrt.
Ich liege in
Kleidertaschenböden
bei Brosamen Faserkrümeln
weich und warm.

---

lautlos
reifen der birne
heilung
drehen der erde

doch etwas tickt
stille
grosses geschieht
die weltenuhr?
mein herz
schlägt noch

---

es liegt
entgangenes
entzaubertes
entlebtes
in mir
lächle
es war

---

vogelfrei
mit gestutzten flügeln
schmetterlingsfrei
von blume zu blume
gaukelnd

---

ausruhen
nichts denken wollte ich
doch es drehte gedanken

---

möglich
dass diese zeilen rosten
bevor sie jemand liest

Glück ist Glas
mit zarten Händen
will ichs tragen
mit meinen
Tränen begiessen

Meine Träume
waren Schäume
entflogen vereist
entpuppt vergreist
Diesen Traum
lasse ich stehen

Duftende Fülle
des Sommers
ist vorbei
Der Herbst hat alles eingepackt
für den Winter
Hoffentlich kann
der Frühling wieder
die alten Lieder

Nachtmüde schleicht
der Tag ins Zimmer
Morgengeräusche
so wie immer
Die Augen gehen
langsam auf
Die Sorgen nehmen
ihren Lauf

Silvester 2012
Kaltes Haus
sogar geheizt
es fehlt
der Mensch

Alte Kalender abgehängt
Neue Kalender aufgehängt
Gedanken nachgehängt

Mein Sohn
kommt heim
geht pfeifend
durch alte Räume
Im Neubau nebenan
singt ein Italiener
beim Pflastern

Meine Stubenlampe
weiss allein
was ich
verschrieben
habe
die zeit
lässt gras wachsen
über die narben
der zeit

---

herbstsonne
etwas müde
und abgeklärt
magst mich

Dasein ist alte Wege gehen
die einmal waren
als ob
Blumen pflanzen
damit sie wieder blühen
als ob
In der alten Haut leben
sich darin jung fühlen
als ob

Ittinger Schreibwerkstatt

Der Duft der Rose
Als Rosa Verena wurde ich getauft, weil meine Patin Rosa hiess und ich am Verenatag geboren wurde. Dieser alte Zopf musste beibehalten werden. Das gefiel mir nie. Meine deutsche Mutter sagte immer **die** Rosa. Auch in der Schule wurde ich so genannt.

In all meinen Ferien auf einem „verwandten" Bauernhof nannten sie mich **der** Rösel, also männlich. Ich war ja auch ein halbes Knechtlein.

In der Westschweiz sagte man mir ein Jahr lang **Rosemarie**, weil ihnen Rose nicht gefiel.

Mit der Zeit nach den Schuljahren wurde ich zum **Rösli,** also sächlich.

Doch der Duft der Rose war von Anfang an da, ob ich herb oder süss dufte, das weiss ich nicht, denn ich habe verschiedene Gefühle. Ein schöner Mann ist heute noch etwas, das meine Düfte entwickelt; andererseits kann ich auch duftlos sein.

Anna

Aufgabe: Kurzgeschichte über einen Beruf
Auslosung: Putzfrau

Alle 14 Tage um 9 Uhr läutet meine Hausglocke, dann kommt Anna, die Senectute-Frau. Sie hat schon einen Einsatz in der Nachbarschaft hinter sich. Dort hat sie einer alten Dame aus dem Bett geholfen, sie angezogen und das Frühstück gegeben. Bei mir gibt es zuerst eine Tasse Kaffee. Dabei wird besprochen, was zu tun ist. Aber noch wichtiger ist mir das Gespräch. Anna hat meine Wellenlänge. Sie ist von graziler Statur, etwa 55 Jahre alt, geschieden und hat drei Kinder fast alleine grossgezogen. Sie kennt unser Haus. Sie kam schon, als mein Mann noch lebte und dement war. Anna ist meine Hausperle. Während sie striegelt und schniegelt koche ich ein einfaches Mittagessen für uns zwei. Dann haben wir zusammen ein Fest. Wenn es passt, trinken wir sogar ein Glas Wein dazu. Diese Zeit des Essens schreibt sie nicht auf. Manchmal fühle ich Anna als meine Tochter; sie ist zu mir, als ob ich ihre Mutter wäre.

Rosmarie

Aufgabe: Auswahl verschiedener Wörter. Geschichte dazuschreiben, nicht in Ich-Form

war eine aufgeweckte junge Frau. Ihr Wunsch war es, Schneiderin zu werden. Das war damals nicht selbstverständlich, denn ihre Eltern waren arm. Die einzige Tochter war eine begabte Näherin. Sie hatte schon während der Lehre ihre Kundschaft und verdiente nebenbei ihre Bedürfnisse. Sie machte einen sehr guten Lehrabschluss. Als sie verheiratet war, wurde die Schneiderei ihr Lebensinhalt. Die Vielfalt der Stoffe, der Kleider und vor allem der Kundschaft machte sie glücklich. Wenn ein Brautkleid in Spitze fertig war, samt Täschchen und Unterkleid, war sie erfüllt von ihrem Tun. Daneben gab es auch viele alltägliche Aufträge: Kinderkleider, Fasnachtkleider und alles, was in der Familie anfiel. Die alten Bähnlerhosen ihres Mannes hat sie gewendet und ihren Buben daraus Hosen gemacht. Zudem war sie immer daheim und ansprechbar.

Nach vielen Jahren starb diese und jene Kundin. Rosmarie nahm nichts mehr Neues an. Zudem liess die Kraft ihrer Augen nach von der jahrelangen Feinarbeit. Der finanzielle Zustupf war auch nicht mehr so nötig. Nun ist sie froh, wenn sie an ihren gekauften Kleidern und Hosen die Säume kürzen kann. Dabei ist sie

saumselig

Abschied
von diesem Sommer, der so gross und schön war.
Dauernd lag mir der Gedanke im Hinterkopf: *„Wird er wohl der Letzte sein? Werde ich im nächsten Jahr noch mein Haus und meinen Garten behalten können? Meine Kräfte lassen nach."*
So dachte ich, als ich meine geliebten Dahlienknollen in den Keller trug, kübelweise in Holzharassen legte. Werden sie im Frühling wieder ausgepflanzt und geweckt?

Da kam mir meine Mutter in den Sinn. Sie sagte seit meiner Kindheit immer wieder: *„Das wird das letzte Jahr sein, das ich noch erlebe"*. Und als sie schon sehr alt war sagte sie: *„Das war der letzte Mantel, den ich kaufte"*.

Sie wusste nicht, wie weh sie mir mit solchen Aussagen tat.
Da schwor ich mir, nie solche Worte zu meinen Kindern zu sagen,
obwohl sie mir auf den Lippen liegen!

Heimliche Liebe

Eva und ihr Freund Harry hatten zwei herrliche, heimliche Tage hinter sich. Sie war ein beschriebenes Blatt mit einer extravaganten Wohnung in Gossau. Dass sie einen jüngeren Mann mit edlen Gesichtszügen zur Bahn brachte, war seltsam. Mit ihrem Sportwagen hätte sie diesen „Beau" doch heimbringen können. Doch das hatte seinen Grund. Seine Frau sollte glauben, er käme von einem Betriebswochenende zurück. Doch die zwei liebten sich abgründig. Dementsprechend fiel der Abschied aus. Sie konnten kaum voneinander lassen, sie streichelten und küssten sich.
In dieser Idylle fuhr der Zug im Zürcher Hauptbahnhof ein. Harry umfasste seine Reisetasche, musste Eva loslassen und stieg zwei Stufen nehmend ein. Er musste schnell machen, denn sein Schmerz war

gross. Eva versicherte sich, dass niemand sah, wie sie weinte, denn sie hat selten jemanden so geliebt.

Hoffentlich riecht seine Frau nicht, dass er woanders war.

Aufbruch
Aufgabe: Bildbeschreibung

Das Bild zeigt mir zwei Kinder, die sich bei der Hand nehmen um einen Weg zu gehen, den sie nicht kennen. Das grosse Mädchen gibt dem kleinen die Hand.

Das hätte ich mir gewünscht, Geschwister zu haben. Zu jeder Weihnacht habe ich mir ein solches gewünscht. Doch es gab eine neue Schürze oder neue Finken.

Erst als ich eigene Kinder hatte, erfuhr ich von meinen Eltern, warum meine Mutter so oft im Spital und immer schwächlich war. Sie hatte Fehlgeburten. Das wurde alles verschwiegen.

Seit Allerheiligen ist auf dem Friedhof in Gossau eine neue Gedenkstätte für „Sternenkinder", das heisst Frühgeburten ab ca. 500 Gramm. Der grosse, runde Gedenkstein ist mit Rillen durchzogen wie ein Fingerabdruck, dadurch rieselt leise Wasser. Umgeben ist das Ganze von hellen, etwa 10 cm grossen „Bsetzisteinen". Darin werden die Namen der Kinder eingeritzt, wenn man will. Im Rasen, der die Gedenkstätte umgibt, werden die „Sternenkinder" eingebettet. Ist das nicht ein Aufbruch in eine neue Zeit? Sehr nahe an diesem Ort werde ich meine letzte Ruhe finden und aufbrechen.

Schreibstube
ist heute
wird immer sein
mit Flügelsätzen und Wörtern
unendlich

Alleluja sage ich oft. Immer wenn es etwas ist, was gut geraten ist, geglückt.
Ja, ich sage auch Alleluja, wenn die Sonne scheint und die Vögel pfeifen. Dazu kann ich auch noch die Hände in die Höhe strecken, so als wollte ich die ganze Welt umarmen.

Viel kann man mit dem Körper sagen. Wenn ich ein Kind hüpfen sehe, weiss ich ganz genau, es ist glücklich. Soll ich auch einmal hüpfen, wenn es auch nur ein Grossmutter- oder Urgrossmutterhüpfen ist. Hauptsache gehüpft. Oder es hüpft die Seele. Die kann es auch!

Sterne
ziehen dich
jeden Tag neu
durch diese Stunden der
Zeit

Ich will in eine neue Zeit gehen, meine Zeit an den Stern des Himmels spannen. Er zieht mich schon lange, dieser Karren mit dem Stern. Manchmal hat er mich sogar ausgeleert. Zukunftslos war ich. Immer wieder habe ich meinen Wagen neu aufgeladen. Es war viel Plunder dabei. Das Schwerste liess ich sowieso stehen. Nun ist mein Gefährt leicht geworden. Ich fühle, es ist nicht nur ein Stern, der mich zieht. Es ist eine ganze **Bande.**

Der Zukunft Würze geben – saumselig

Wenn ich meine saumselige Stunde habe, ist es mir stichwörtlich wohl. Dann läuft mein Radio oder ein gutes Schallplättchen. Da stichelt es sich gut, besonders wenn die Sonne durchs Nachmittagsfenster scheint. Es ist nicht mehr Grosses, was es zu nähen gibt. Doch hier ist ein Aufhänger weggerissen, dort hat eine Socke eine dünne Stelle.

Es „lömpelet" – wie Rösli auch

Taupunkt der Wende

wenn der Tag da ist, da ich mein Haus verlassen kann. Und eine Wende ist, richtig fortzugehen für 4 Tage = 3 Nächte.

Das ist für Rösli die Zeit, da die Zeit anders geht – nicht nach Schema, sondern nach Schreiblust, Lebenslust. Anders leben mit anderen Menschen und solchen, die ich lange nicht mehr sah. Türen gehen auf. Es gibt Luft und Durchzug.

Ich sah heute Morgen schon die Atmosphäre von Ittingen:

Sonne, Nebel und Rösli

Ausstellung der psychisch Kranken
Bildbeschreibung

Mir sagte eine Tonvase, aus der etwa zwölf Köpfe schauten, sehr viel. Die einen Gestalten mit kurzen Hälsen dem Rand entlang, und jene mit langen obenauf. Jedem der Gesichter sieht man an, es ist ein innerer Schaden da. Staunend und wienend mit verschobenen Augen oder geschlossenen Augendeckeln. Die meisten haben kaum eine Stirne oder es fehlt der Hinterkopf. Wenige haben Ohren, platte oder spitze Gesichter. Alle sind irgendwo „blöd". Die Nasen sind eine Geschichte für sich. Kindernasen und riesige Geniessernasen, die bis zum Mund reichen. Grölende und verschlossene Münder, ja sogar viereckige. Neben der Vase liegt eine Metallkette.

Ja, sie sind in Ketten!

Glücklich
darf ich
immer wieder sein.
Die Sorgen sind weit
unten

Ich sehe **glückliche** Stunden auf dich zukommen. Sie sind im Moment glücklich! Doch werden auch wieder Stunden kommen, da Nebel aufziehen, trübe Gedanken durch meine Seele ziehen. Doch meine Erfahrung weiss, dass jetzt meine Zeit sehr glücklich ist.

Über den alten Dingen stehen, die mir ein Leben mit vielen traurigen Zeiten bescherten. Weit unten liegt der schwere Sack begraben und an dem rühre ich im Moment nicht –

denn mein innerer Friede
beherrscht mich.

Ich mag dich
das sollte das A und O des Zusammen-
lebens sein.
Ob Mann oder Frau, das schönste Gefühl
ist, er oder sie mag mich. Eigenartigerweise
ist da sofort ein Plus oder Minus.
Menschen, die mit Menschen arbeiten,
sollten diese Aura haben. Dabei denke ich
an Ärzte, Pfarrer oder auch wenn es „nur"
eine Serviertochter ist. Sofort spüre ich,
diese Person nimmt mich ernst und hat
noch etwas dazu, was sie nur für mich
alleine hat.

Am Montag und am Donnerstag kommt seit
Jahren eine der Krankenschwestern zu mir,
um mich zu pflegen. In unserer kleinen
Stadt haben wir etwa zwanzig. Alle waren
schon da. Keine ist wie die andere. Ich
kenne meine Liebste und jene, welche alles
sehr schnell und herzlos erledigt. Alle
machen ihre Arbeit gut, doch dazwischen
gibt es jede Sorte mit Wärme, Kälte, Ober-
flächlichkeit oder fast etwas zu nahe.
Sie dürfen alle so sein wie sie sind. Die
Hauptsache, unter den Menschen ist immer
noch die Liebe – wenigstens
„Ich mag dich"

MorgenRegen –
doch das braucht es. Ich brauche Wasser, die Natur auch. Triefend nass soll es werden, aber auch wieder aufhören, wenn das Mass voll ist.
Wann ist das Mass voll? Wenn es überläuft.
Für mich ist das Mass voll, wenn meine Worte überlaufen von der ganzen Fülle, die ich in mir habe. So wie mich die Lust anwandelt ohne zu fragen, stimmt das oder nicht. Hier darf ich eine Lüstlingin sein in Gedanken, Worten und Werken. Rauslassen was in mir ist, solange es anständig ist und in den Rahmen passt. Voller Neuschöpfungen an Wörtern.

November –
eine unbeliebte Zeit, weil die Tage kürzer werden.
Die kalte Zeit beginnt. Eis und Schnee lauern irgendwo. Diese Jahreszeit ist mir überhaupt nicht genehm. Vor allem habe ich Respekt vor eisigen Strassen. Es gibt Tage, da gehe ich kaum hinaus.

Verblüht sind alle meine Blumen. Dafür leuchten die Abendlichter meiner guten Nachbarn früher. Ja, ich sehe bis in die Stuben hinein.

Der November hüllt uns tagelang in Nebel ein. Das Alleinsein wird noch einsamer.

Doch ich werde wieder Briefe schreiben, die sind nicht traurig, sondern voller

Zuversicht

Späte Texte

Beobachtungen am Fenster

Auffahrt 2014

Rundum sind meine Nachbarn weg mit ihren Kindern. Sie machen die „Brücke" über die Feiertage. Es ist so ruhig, dass ich ins Philosophieren komme und sehe erstmals, was ich in fünfzig Jahren noch nie so sah:

Es sind etwa dreissig Sträucher, die das Haus von Eigenmanns einzäunen. Sie wurden vom Vorbesitzer Stillhard mit Liebe ausgewählt und nach und nach gesetzt. Sie sind für nichts anderes da, als in der Reihe zu stehen. Jeder Strauch hat andere Blätter: Hellgrün, dunkelgrün oder dunkelbraunrot. Wenige tragen zu ihrer Zeit Blumen oder Beerchen.

Die Formate sind noch vielfältiger. Die grössten müssen jedes Jahr zurechtgestutzt werden, weil sie gross werden möchten. Einige bleiben schüchtern klein, werden von den grossen beschützt. Mit den Jahren sind auch «Persönlichkeiten» herangewachsen. Man sieht ihnen das Alter an. Im Herbst verlieren viele die Blätter, andere behalten ihr Kleid.

Einmalig ist eine „Trauerweide"; doch sie hat Nadeln und ist weiblich. Es gibt auch den Flieder; der ist männlich. Dominierende Gestalten und kleine Zwerge reichen sich ganz sanft die Hände im Laub.

All diese Unikate stehen wie eine Menschenkette ums Haus. Sie begrenzen und haben etwas Beschützendes.

Jahre dazwischen oder Wunder dauern etwas länger

Rösli Kruckers Text zum Buch „Kleine Wunder in Gossau"
Diplomarbeit 2016 Andrea Weinhold, Pfarrerin

Im Sommer 2015 lief ich fast jeden Tag beim Bildhauer Roman Brunschwiler vorbei. Immer wieder sah ich, wie er draussen an einem grossen, hellen, flachen Stein arbeitete. Es war mir ein Rätsel, was das werden sollte. Darauf meisselte er Rillen, laufende runde Wellen, die schliesslich alle zu einem Ausgang führten. Dort lag wochenlang Staub und Abfall. Was sollte das werden? Ich suchte Namen für das Gebilde. Lebenslauf? Irrwege? Ziel?

Gegen Allerheiligen hin war der Gedenkstein oben auf dem Friedhof platziert. Dort beim Kinderfriedhof ist eine kleine Wiese. Darauf steht er, dabei eine Steinbank zum Verweilen und Trauern. Durch die Rillen rieselt leise Wasser.

Es ist die „Sternenkinder"-Gedenkstätte. Hier werden Frühgeburten ab 500 Gramm beigesetzt.

Als ich das sah, kam mir eine Geschichte in den Sinn, die ich heute noch in mir trage.

In meiner Familie kam ums Jahr 1950 ein Kind im Spital St. Gallen tot zur Welt. Mein

Schwager ging ins Pfarramt Gossau um zu fragen, ob sie das Kind begraben dürfen. „Nein", so der Pfarrer. „Es sei nicht getauft. Aber er könne das Kind bringen. Er werde es der nächsten Beerdigung beifügen". Der Vater des Kindes holte das Totgeborene im Spital St. Gallen. Sie gaben es ihm in einer Schachtel mit. Mein Schwager fuhr mit der Kinderschachtel im Zug nach Gossau. Dabei habe er gedacht: „Wenn die Leute wüssten, was da drin ist".

In Gossau war nahe dem alten Friedhof das öffentliche WC. Friedhofwärts hatten die Totengräber ihre Geräte versorgt. Dort hinein durfte er das Kind legen. Der nächsten Beerdigung wurde es still und leise beigelegt.

Über all das wurde geschwiegen, selbst die Geschwister wussten nichts davon.

Ich frage mich, wie viele zu früh Geborene in Gärten oder weiss nicht wo „verlocht" wurden.

Das ist nur *eine* Geschichte von vielen.

Nun ist endlich ein Gedenkstein für all diejenigen Kinder da, welche die Welt nicht betreten durften. Die Rillen im Stein sind die Fingerabdrücke, die die Kinder schon hatten. Durch diese rieselt Wasser auf ein

Ziel hin. Rund um den Stein sind helle „Bsetzisteine". Diese kann man herausnehmen und unten drauf den Namen des Kindes schreiben.

Knollenwunder

Rösli Kruckers Text zum Buch „Kleine Wunder in Gossau"
Diplomarbeit 2016 Andrea Weinhold, Pfarrerin

Bei mir im Garten blüht jedes Jahr eine besondere Dahliensorte. Eine solche sah ich noch nirgends. Ich sage ihr einfach „Fineisen", denn diese Knollen bekamen meine Eltern von zwei alten Jungfern an der Haldenstrasse, die hiessen Fineisen. Jahrelang blühten sie im Garten meiner Eltern. Es ist eine hochwachsende Sorte mit Blüten bis zu zwanzig Zentimeter Durchmesser, mit orangem Kern, nach aussen hin gelb auslaufend. Eine solche Blüte ist eine Pracht, wenn sie in einem Teller mit Wasser auf den Tisch gestellt wird.

Als ich dann meinen eigenen Garten hatte, bekam ich von meinen Eltern diese Dahlienknollen.

Jeden Herbst müssen die Blütenstängel abgeschnitten, die Knollen gesäubert, vielleicht geteilt und im trockenen Keller überwintert werden. Nach den Eisheiligen grabe ich sie wieder ins gute Erdreich. Dann muss man sie gut beobachten, damit die Schnecken nicht die ersten feinen Triebe abfressen. Bei fleissigem Giessen wachsen sie schnell und sie müssen aufgebunden werden. All diese Arbeit hat sich spätestens dann gelohnt, wenn die Dahlien wieder voll erblühen.

Wenn ich nachrechne, müssen diese Wunderknollen mehr als siebzig Jahre alt sein.

Diese Überlegung machte ich, als ich letzten Herbst meine Knollen kübelweise ins Haus trug und sie gedankenverloren in luftigen Harassen versorgte.

Werde ich im nächsten Frühling wieder die Kraft haben und sie hinaustragen?

Das lag mir auf den Lippen.

Schmelzungen

Rösli Kruckers Text zum Buch „Kleine Wunder in Gossau"
Diplomarbeit 2016 Andrea Weinhold, Pfarrerin

Als Mädchen trug ich in den 40er Jahren Ringier Heftli aus. Vom Oberdorf bis zum Niederdorf und vom Lindenhof bis zum Rosenhügel. Auf meinen Wegen als Heftlimeitli nahm ich vieles in mir auf. Wir hatten damals 14 Schuhmacher im Dorf. Heute noch weiss ich alle beim Namen. Wälchli war der „Reformierte".

Ich durfte jene katholische Schule besuchen, die meinem Elternhaus näher lag. Doch die Protestanten mussten alle ins Schulhaus Haldenbühl, sogar die Kindergärtler von ganz Gossau. Diese Trennung beeinflusste das ganze Dorfleben. Die Krankenschwestern pflegten nur die Patienten ihrer Religion. Ja sogar die Hebammen kannte ich: Fräulein Löhrer für die Katholischen und Frau Huber für die anderen.

Diese Spaltung zog sich so weiter durch das ganze Gewerbe. Besonders fielen mir die Milchmänner auf. Mit ihren Karren und alten Autos fuhren sie durchs ganze Dorf und brachten „reformierte Milch". Das waren Hofmann und Streule. Die vielen anderen wie Wüschner und Krucker brachten die „katholische Milch". Diese Spaltung war beim Bäcker, Metzger und bei den Wirtschaften.

Wir Kinder plagten uns gegenseitig, denn man machte uns glauben, die Protestanten kämen sowieso alle in die Hölle. Gegenseitig provozierten wir uns mit den hohen Feiertagen: Die einen mit dem Karfreitag und der Konfirmation und die anderen mit ihrer riesigen Fronleichnamsprozession durch das ganze Dorf.

Aber auf dem Friedhof lagen dann alle nebeneinander. Doch auch dort erkannte man Unterschiede. Einige wenige hatten kein Weihwassergeschirr und der Grabstein war gekennzeichnet von Schoch. Doch der grosse Teil trug die Unterschrift von Bildhauer Ledergerber.

Heute, 75 Jahre später ist Gossau eine Stadt geworden mit einem anderen Gesicht. Ich sehe Kinder grüppchenweise ins nächste Schulhaus trudeln. Die Spitex besucht alle, die es nötig haben. Die Religionen sind sich nähergekommen. Wir feiern ökumenische Gottesdienste.

Besonders eindrücklich war für mich die gemeinsame 1. Augustfeier in der Andreas-Kirche morgens um zehn Uhr. Sie war voll von Menschen beider Glaubensrichtungen. Wir hörten verschiedene Gedanken zum Nationalfeiertag, beteten zusammen das Vaterunser und als Krönung sangen wir bewegt das „Grosser Gott wir loben dich".

Als im Haldenbühl die Glocken überholt werden mussten und schwiegen, verkündeten um vier Uhr nachmittags die Andreas-Glocken das Ende eines Protestanten. Dieses schleichende Wunder in Gossau durfte ich erleben!

Krippengedanken
Weihnachten 2002 Andreas-Kirche Gossau

An Weihnachten 2002 besuchte ich die Andreas-Kirche in Gossau. Ein junger Kaplan erzählte den Kindern folgende Geschichte:

„Ein Knabe kam zur Krippe. Er sah die Hirten und Könige, alle brachte sie dem Christkind ein Geschenk. Da liefen dem Knaben die Tränen über die Wangen, weil er nichts zum Schenken hatte. Das göttliche Kind sah dies und sagte zu ihm: „Schenke mir deine Tränen, die sind kostbar".

Da fiel mir eine Geschichte aus meiner Schulzeit ein.

Es war das Kriegsjahr 1942, gegen Ostern hin. Ich beendete das vierte Schuljahr. In unserer Klasse hatten wir zwei Bäckerskinder. Wir Mädchen tuschelten darüber, was wir dem Lehrer zum Schulschluss schenken wollten. Da machte Madlen, eines der Bäckerskinder, den Vorschlag: „Mein Vater macht eine grosse Torte". Das war in der Zeit der Rationierung natürlich der Inbegriff alles Guten. So wurde unter den Mädchen dafür gesammelt.

Die Knaben taten auch so geheimnisvoll. Sie sammelten auch Geld. Sie hatten ja den kleinen Füger, dessen Eltern auch eine Bäckerei besassen. Am letzten Schultag standen zwei grosse Torten vorne auf dem Lehrerpult. Der Lehrer bedankte sich herzlich. Ich sass in der Bank und weinte. Der Lehrer fragte mich: „Worom brüelesch?" Ich antwortete, dass ich als Einzige nichts habe geben können.

Zu der Zeit waren wir so arm, denn mein Vater war andauernd im Militärdienst und meine Mutter und ich hatten pro Tag gerade mal vier Franken Lohnausgleich zum Leben.

Nach Schulschluss liess der kleine, dicke Lehrer seine zwei grossen Torten von seinem Lieblingsschüler, dem kleinen Füger, nach Hause tragen. Wir bekamen nichts davon. Wo hätte er auch anfangen sollen bei 45 Schülern?

All dies ging durch meinen Kopf nach der Predigt des Geistlichen. Mir kullerten zwei, drei Tränen auf die Kirchenbank. Ich war aber doch getröstet, denn ich dachte: „Christkind, die schenke ich dir".

Sternengeflüster

Jede Nacht zieht ihr eure Bahn am Himmel, stumm und klar, seit Urzeiten. Ist es euch wohl da oben? Sagt mal, woher habt **ihr** den Strom für dieses Leuchten? Hegt ihr Gefühle zueinander? Ich glaube, ihr umarmt euch heimlich am Tag, wenn wir es nicht sehen. In den klirrend kalten Nächten friert ihr gewiss. Blinzelt ihr euch dann heimlich zu, um auszuhalten.

In solchen Stunden wäre ich gerne bei euch. Von der Mutter Erde würde ich erzählen; von den Blumen, Spinnen und Kindern. Es würde mich so freuen, wenn ich die jungen und alten Sterne zum Lachen brächte, damit sie mal richtig wackeln.

Ja sagt mal, habt ihr in diesen unendlichen Räumen schon mal den lieben Gott gesehen oder wisst ihr, wo der Himmel ist – ich meine den Richtigen?